Das Problem als Katalysator

Katja
Lange-Müller

Das Problem als Katalysator

Frankfurter Poetikvorlesungen

Kiepenheuer & Witsch

MIX
Papier aus verantwortungsvollen Quellen
FSC® C083411
www.fsc.org
Verlag Kiepenheuer & Witsch, FSC® N001512

1. Auflage 2018

Umschlaggestaltung: beton.studio
Foto der Autorin: © Heike Steinweg
Gesetzt aus der Stempel Garamond
Satz: Buch-Werkstatt GmbH, Bad Aibling
Druck und Bindung: CPI books GmbH, Leck
ISBN 978-3-462-05090-5

I

Womöglich bin ich hier falsch. Ob ich hier doch richtig war, das entscheiden letzten Endes Sie. Warum fühle ich mich fehl am Platze in einer Universität, noch dazu einer, die einen so großen Namen trägt und so viel auf Tradition hält wie diese?

Erstens: Ich habe nicht mal Abitur. Zweitens: Eine Stunde nicht rauchen. Drittens: Ich bin keine Rednerin, sondern eine Schreiberin. Viertens: Ich kann nicht frei sprechen. Aber wer kann das heute schon noch? Um *frei* sprechen zu können, müssten sich Frau und Mann erst einmal frei *fühlen*. Zwischenfrage: Und Sie, Sie alle, meinen Sie, dass *Sie* hier richtig sind? Fühlen *Sie* sich frei?

Egal, Sie sind hergekommen, ich auch. Also versuchen wir es.

Ja, was *soll* ich sagen? Die Frage ist schon mal befremdlich – im literarischen Kontext. In dem nämlich dürfte sie nur lauten: Was *muss* ich sagen? Das meine ich ernst, denn was ich nicht sagen muss, könnte ich ebenso gut für mich behalten. Warum ich aufs Müssen poche, wollen Sie hoffentlich wissen?

Die Antwort ist ziemlich simpel: Wenn ich beim Lesen den Eindruck gewinne, diesen Text konnte, ja, musste, *so* nur *diese* Autorin, *dieser* Autor schreiben, wird mir von Zeile zu Zeile klarer: Jetzt habe ich es mit Literatur zu tun. Ein wirklich gutes Gedicht, eine echt gelungene Erzählung, einen tatsächlich ergreifenden Roman erkenne ich daran, dass ebendies, zumindest für mein Gefühl, keiner oder keinem anderen sonst eingefallen wäre. Solche Texte sind zumeist existenziell, rühren von nicht verheilten seelischen Verletzungen her, von Unvergesslichem und Ungelöstem. Manchmal wirken sie so, als seien die jeweilige Autorin, der jeweilige Autor ihrem oder seinem Lebensstoff lange ausgewichen. Vielleicht, weil sie oder er sich noch nicht reif genug wähnten, um sich der – womöglich schwierigsten – Geschichte ihres oder seines Daseins zu stellen, wohlbemerkt schreibend zu stellen.

Und von nun an sage ich immer Autor, weil die genderkorrekte Formuliererei eh nicht allen Geschlechtern gerecht wird und mächtig aufhält, beim Schreiben *und* beim Sprechen.

Wie, frage ich mich, denn *ihn* kann ich ja meist nicht mehr fragen, mag es jenem Menschen ergangen sein, ehe er schließlich zum Stift oder in die Tastatur griff und sich in sein Los schickte, das Los, schreiben zu *müssen?*

Ich habe davon ein inneres Bild, eine Karikatur, wie so oft, wenn ich mir etwas vorstelle: Da ist ein Autor, der hat eine Krise, die ist, wie jede Krise bei so einem, längst zur Schreibkrise geworden. Jeden Tag, jeden Abend, versucht er zu verdrängen, dass ihm der Kuli vertrocknet, der Bleistift abgebrochen, der Laptop verrostet ist und gibt sich frustriert die Kante. Dann liegt er abgefüllt in seinem Nest und pennt, bis, ja bis sie wieder an seiner Bettdecke zupfen, diese kleinen bunten Mensch-ärgere-dich-nicht-Figuren, und wispern: »Wach auf! Steh auf, du Pfeife! Wir sind es, Erna, Peter und Tarik. Du bist der, den wir uns ausgesucht haben. Du kennst unsere Geschichten, und die schreibst du jetzt mal. Wenn du dich nicht endlich hinsetzt und anfängst, kommen wir morgen zurück und übermorgen auch und Nacht für Nacht …«

Der Autor jammert: »Haut ab. Ich will nicht, ich kann nicht. Das ist zu schwer für mich. Sucht euch einen anderen. Gibt doch genug schreibfaule Schriftsteller …«

Aber schließlich, Krise hin, Krise her, wird der Autor nachgeben, nachgeben *müssen,* weil diese kugelköpfigen Plagegeister so hartnäckig sind. Er wird sich erheben, sein verquollenes Gesicht unter den Wasserhahn halten und anfangen zu tippen. Erna, Peter und Tarik lassen ihm keine Ruhe und keine Wahl. Und sicher werden sie, kaum dass der Autor begonnen hat, sie zu skizzieren, auch noch undankbar sein und mit ihm disputieren: »So mies, wie du uns siehst, sind wir nicht.« – »Ich will eine interessante dünne Frau sein«, sagt Erna, »keine hübsche, dicke.« – »Warum machst du einen intriganten Pizzaboten aus mir?«, beschwert sich Peter. – »Nicht alle Berliner Türken sind fantasielose Autoschrauber«, nölt Tarik.

»Klappe halten«, wehrt sich der Autor, »ihr seid, was mir vorschwebt, also meine Geschöpfe!« – »Nee«, erwidern Erna, Peter und Tarik, »wir sind die, die wir sind, nicht die, die du dir wünschst.«

Mal werden die Figuren ihren Willen durchsetzen, mal der Autor seinen. Doch bald übernehmen sie die Führung und ziehen den wehrloser und wehrloser werdenden Autor hinter sich her oder spannen ihn gar vor ihren Karren. Und wenn all diese Kämpfe ausgestanden sind, ist am Ende womöglich ein Text fertig, der den Leser spüren lässt, dass er geschrieben werden musste – von keinem anderen als diesem XY. Aber die Figuren sind immer die Ersten. Mit ihnen beginnt es, denn sie sind das Thema. Ohne sie würde es überhaupt kein Thema geben. Ich habe Autoren gelesen, die Thesenromane schrieben, was ja auch gut und interessant sein kann, Autoren wie Émile Zola oder Michel Houellebecq. Bei denen ist die Personnage vor allem dazu da, in disparaten Rollentexten die Ansichten des Autors und die seiner polemischen Widersacher zu verkünden. Das ist nicht meine Herangehensweise. Ich will wirklich etwas wissen von den Figuren, die sich für mich entschieden haben. Ich will, dass sie selbst reden, dass sie auch mal sagen: »Nein! So führst du mich nicht vor. Das ist falsch.« Und dann verhandle ich mit ihnen, bis wir zumindest einen Kompromiss gefunden oder sie gewonnen haben. Das ist ein bisschen wie bei der Commedia dell'Arte – man bastelt aus Pappmaschee ein paar Masken und drückt sie den Figuren aufs erst schemenhaft vorhandene Gesicht. Sie schauen einander an und fragen: »Wer bin ich?« Und jede Figur sagt, was sie denkt: »Du bist ein koreanischer Koch. Und du vielleicht ein futuristischer Frosch. Und du die strenge Chefsekretärin, die, wenn es keiner sieht, ihre Zimmerpflanzen streichelt.« – »Nein, bin ich nicht, will ich nicht sein«, protestiert nun jede, bis, etliche Vorschläge später, Maske und Figur zusammenpassen und alle Beteiligten sagen: »Ja, jetzt stimmt es. Damit sind wir einverstanden.« Und ungefähr ab Seite dreißig sind diese Figuren dann tatsächlich virtuelle Lebewesen, die respektiert werden, voneinander und womöglich sogar von mir und manchem Leser.

Raymond Queneau, der große französische Surrealist, und, laut Selbstbeschreibung, »Hersteller hochwertiger literarischer Scherzartikel«, als dessen bekanntestes Werk »Zazie in der Metro« gilt, hat aus dem Albtraum aller ernsthaften Schriftsteller – dem, dass die Protagonisten sich seinem Willen verweigern könnten – einen irrwitzigen Text gemacht. In »Der Flug des Ikarus«, so heißt dieser schmale Roman, malt er in den finstersten Farben und der ihm eigenen grotesken Manier aus, was passiert, wenn ein despotischer, gegen jede poetische Gerechtigkeit verstoßender Autor die fragilen Autoritätsverhältnisse zwischen sich und seinen Figuren missachtet. Und genau dies wurde bei Queneau ein wesentliches Thema der Literatur, seiner Literatur und der Literatur generell. Die Geschichte geht in etwa so: Ein fiktiver Schriftsteller namens Hubert Lubert, dem lange nichts geglückt ist, muss ein neues Buch anfangen und hat partout keine Lust dazu. Aber der Verlag drängelt, der Spirituosenhändler rückt auf Pump nichts mehr heraus, die Mäuse im Kühlschrank sind schon ganz dünn und haben verweinte Augen. Also setzt Hubert Lubert sich hin und entwirft schlecht gelaunt einige Figuren; es werden ziemlich misanthropische und blöde Vögel, die wirklich alles andere als liebenswert sind. Und dann leert er verunsichert seine letzte Flasche Pernod. Es gefällt ihm nicht, dass er diese Figuren nicht leiden kann, so wenig, wie sich selbst. Was bleibt ihm übrig?! Er haut sich blitzeblau ins Nest, wo ihn bald ein schwerer Katertraum plagt, der sich allerdings am nächsten Tag als real, vielmehr surreal, erweist. Ikarus, die erst einige Seiten alte Hauptfigur, fand sich viel zu unsympathisch; ja, sie war so sauer auf ihren Schöpfer, dass sie heimlich dessen Manuskript verlassen hat. Und seit den frühen Morgenstunden strolcht Ikarus, unfertig, aber fies angelegt wie er ist, durch Paris, säuft in diversen Kneipen Absinth und beginnt eine wüste Affäre mit LN, einer Dirne »kreuzwortistischer Herkunft«, wie es bei Queneau heißt, natürlich immer auf Kosten seines Erfinders, den er mal »Herrn Lubert« und mal seinen »bösen Papa« nennt und auch noch bei jeder Gelegenheit madig macht. Ikarus eignet sich ein Schicksal an, das Hubert Lubert für ihn gar nicht vorgesehen hatte; und der seither schreibbehinderte, weil von seiner Hauptfigur verlassene Autor vermutet, dass Ikarus von neidischen Kollegen gekidnappt worden ist. Dies wiederum veranlasst Lubert, einen dummschlauen Detektiv zu engagieren, der sich Ikarus' Namen falsch notiert hat und einen »Nick Arus« sucht, den Entflohenen aber schließlich doch ausfindig macht. Von dem Moment an wird die Romanhandlung noch verwickelter. Als Gendarmen verkleidet und unter dem Vorwand, er sei nicht zur Musterung erschienen, entführen die Lubert-Kollegen Ikarus aus der Detektei und fesseln und verhören ihn tagelang. Ergebnis: Die erzwungenen Geständnisse des Ikarus infizieren das Personal ihrer eigenen in Arbeit befindlichen Romane. Immer mehr erdachte, aber eben noch unfertige literarische Gestalten aller möglichen Pariser Schriftsteller solidarisieren sich mit Ikarus und verlassen deren Manuskripte, um in der Stadt umherzustromern. Die Wirte sämtlicher Bohemien-Lokale gewähren, da die entlaufenen Protagonisten das Mobiliar zertrümmert und die Zeche geprellt haben, keinem Autor mehr Zutritt, nicht einmal dann, wenn der die Rechnungen seiner Pappenheimer begleichen konnte. Hubert Lubert landet auf der Couch eines in der Schriftstellerszene bekannten Psychoanalytikers. Doch der erhoffte Erfolg bleibt aus; Lubert wird seiner intriganten Hauptfigur nicht wieder Herr. Der, wie es bei Queneau heißt, »an der Spitze der Feder geborene« Ikarus weigert sich, in sein »Domicile Graphique« zurückzukehren. Das ihm angedichtete Interesse an der modernen

Technik kann er allerdings auch im selbst gewählten Leben nicht abstreifen; und so entgeht er dem Ende, das Hubert Lubert für ihn geplant hatte, trotz mancher Vor- und Umsicht nicht. Ikarus, der Name ist Programm, stürzt mit einer der ersten Flugmaschinen vom Himmel und bricht sich das Genick, was folgerichtigerweise auch Hubert Lubert das Genick bricht, wenngleich nur das literarische.

Davor, die Charaktere von Protagonisten, die sich ihren Autor, und warum nicht Sie oder mich, ja eigens erwählt hatten, unmäßig verändern oder gar entstellen zu wollen, sei also dringend gewarnt, nicht jedoch vor diesem wahrhaft »tollen« Dialog-Roman Raymond Queneaus, der sich prima als Hörspiel oder auf der Bühne inszenieren ließe und den Sie, falls Sie ihn noch nicht kennen, unbedingt lesen sollten.

Ach ja, es ist schon so, wie es Heinrich Heine sagt, wenngleich weitaus heroischer als Queneau:

> ... – nein, wir ergreifen keine Idee, sondern die Idee ergreift uns und knechtet uns, peitscht uns in die Arena hinein, daß wir wie gezwungene Gladiatoren für sie kämpfen.[1]

Christian Morgenstern sagt es dann wieder lakonischer:

> Blödem Volke unverständlich
> treiben wir des Lebens Spiel.

1 Heines Werke in fünf Bänden, Berlin, 1974, Bd. 1, Vorrede

> Gerade das, was unabwendlich,
> fruchtet unserm Spott als Ziel.[1]

Und weise wie keiner sonst sagt es Fernando Pessoa:

> Der Poet verstellt sich, täuscht uns so vollkommen und gewagt,
> daß er selbst den Schmerz vortäuscht, der ihn wirklich plagt.[2]

Was ich Ihnen mitteilen wollte, ist, dass hinter dem griffigen Begriff *originäre Literatur* nichts anderes steckt als *dringlich Geschriebenes,* Notwendiges, buchstäblich, im Sinne von Not-Wenden. Texte, die geschrieben werden mussten – oder zumindest geschrieben werden wollten, unterscheiden sich schon sehr von solchen, die sich nur dem Beruf des Autors verdanken, der ein Schriftsteller, ein aus seiner Redaktion entlassener Journalist oder ein alternder Moderator sein mag. So einer sitzt zwischen den Citrus-Bäumchen auf seiner Dachterrasse, blinzelt in die Sonne und fragt sich: Worüber möchte ich denn heute mal was schreiben, etwas, das die Menschen interessiert und sich, was ja keine Schande ist, außerdem gut verkaufen lässt. Texte, die auf diese Art entstehen, können interessant, ja, lesenswert sein, doch ob

---

1 Christian Morgenstern, »Gedichte – Verse – Sprüche«, Limassol, 1998, S. 23

2 Fernando Pessoa, »Algebra der Geheimnisse – Ein Lesebuch«, Frankfurt a. M., 1990, S. 24

sie auch Literatur sind, entscheiden nicht einmal die Leser. Lesern, oder zumindest Buchkäufern, ist es, wie die Bestsellerlisten zeigen, oft egal, ob das, was sie favorisieren, das Prädikat »Literatur« verdient – und dies wiederum macht es der Literatur nicht gerade leichter.

Und nun sage ich unumwunden, also überspitzt, was ich für »wahr« halte, obwohl ich weiß, dass die Wahrheit keine private, sondern eine philosophische Kategorie ist: Wenn ein erzählender Text, ein Stück, ein Gedicht so gar nichts Autotherapeutisches hat, ein Stoff seinem Verfasser nicht »in der Seele brennt«, er nicht schreibend versucht, einige – zunächst nur für ihn selbst – lebenswichtige Fragen zu ergründen, kommt selten einmal Literatur dabei heraus.

Ob meine – vergleichsweise wenigen – Erzählungen und Romane, zu denen ich ja wohl noch etwas mehr sagen soll und sagen werde, in dieser und der letzten Vorlesung, meinen strengen Literatur-Kriterien entsprechen, auch das bestimme nicht ich; nein, das beurteilen Sie – und andere – und womöglich erst nach meinem mehr oder minder *seligen* Ende. Aber das Privileg, *von,* nicht etwa *über,* Literatur zu reden, wenn ich die Werke einiger, mir besonders wichtiger Autoren als »Argumentationsstoff« heranziehe, möchte ich uns schon einräumen.

Und damit komme ich zu dem, was sich, reichlich hochtrabend, *Poetik* nennt. Meine Poetik unterstelle ich einem Teil jenes Titels, den ich gerne auch zur Oberüberschrift aller fünf Vorlesungen ernannt hätte: »Mit links (und links hätte in diesem Fall nicht meine politische Gesinnung bezeichnet) oder das Problem als Katalysator«. Aber um genau diesem Missverständnis vorzubeugen, beschloss ich schließlich, nur den zweiten Teil davon stehen zu lassen, darum heißt das Ganze nun: *Das Problem als Katalysator.* Wenn ich dem folgenden, also dem ersten Teil meiner Vorlesungen, einen Extra-Namen geben sollte, so würde dieser einfach *Katjas Brühwürfel* lauten.

Letzte Sätze eines Textfragments, aus meiner »Schublade«:

> Seit ich fühlen und denken kann, fürchte ich mich vor dem Schreiben noch mehr als vor der Liebe. Das eine rührt daher, dass ich ein extremer Linkshänder bin, das andere wohl kaum. Geliebt und geschrieben habe ich trotzdem immer wieder, doch sicher nie aus Liebe, weder der zu meinen literarischen Figuren noch der zu einem Leser oder gar zu mir; und das, obwohl viele schreibende und nichtschreibende Menschen unbeirrbar glauben, ein Autor müsse, damit ihm etwas gelinge, sich selbst, seine Leser und vor allem seine Figuren *lieben,* einfache Sympathie reiche da nicht aus.

Wenn Schriftsteller Träume erzählen, höre ich gerne und neugierig zu. Wenn sie ihre Träume aber *schreibend* erzählen, habe ich gleich zwei Probleme: Zum einen irritiert mich bis heute, dass man im Deutschen *erzählen* sagen und damit auch *schreiben* meinen kann, zum anderen misstraue ich niedergeschriebenen (und veröffentlichten!) Träumen entschieden mehr als tatsächlich erzählten, also recht privat oder ziemlich intim oder einigermaßen vertraulich einem *geneigten Ohr* verratenen. Ob diese Träume dem erzählenden Schriftsteller – oder Fliesenleger oder Bäcker oder sonst wem – nun wirklich im Schlaf passiert sind oder erdichtet, erfunden, erlogen, interessiert mich in dem Fall weniger. Von literarisierten Träumen hingegen fühlte ich mich meist peinlich berührt. Da folgt man gespannt, ja ergriffen, der Eskalation eines existenziellen Verhängnisses, nur um dann, im letzten Satz, zu erfahren, dass des Erzählers Wecker klingelt – und schon soll alles bloß ein böser Traum gewesen sein. Andere, der jeweiligen (und meist auch noch als Ich-Erzähler verkleideten) literarischen Figur flugs untergeschobene Träume instrumentalisieren und psychologisieren diese Figur, manchmal so grob deutlich, dass der Leser frei nach der »alten Fundgrube« Johann Wolfgang Goethe sagen möchte: Ich spüre die Absicht und bin verstimmt.

Dennoch kann ich mir am zweiten Anfang meines Redens zu meinem Schreiben nicht verkneifen, einen Traum gerade so zu erzählen, wie ich es eben kritisiert habe, womöglich noch plumper: Eines Nachts, und das werde ich nie vergessen, erschien mir eine riesige, klapperdürre, von pinkfarbenem Tüll umwehte Gestalt, in deren sieben Augenhöhlen ebenso viele 1000-Watt-Lampen leuchteten. Diese offensichtlich böse Roboterfee oder -hexe – oder was das nun war – zückte ein gewaltiges Krummschwert und ließ dessen dünne Klinge etliche Male singend durch die Luft sausen; erst dann öffnete sie ihren grün-blau-violetten Geierschnabel, dem gelbe Schwefeldämpfe entwichen, aber auch folgende Worte: »Ab jetzt darfst du nur noch eins, lesen oder schreiben. Ich zähle laut rückwärts. Bei null musst du dich entschieden haben, sonst kannst du beides nimmermehr!«

Mir kamen im Schlaf, im Traum, die Tränen; ich rang mit dem Schwindel, der mich zu erfassen drohte, doch die Gestalt zählte bereits: »Fünf, vier, drei, zwei, …« – Weil ich nicht daran zweifelte, dass sie Ernst machen würde, winselte ich: »Dann lesen, lass mich bitte …« – Aber da sagte sie schon: »Eins!« – Halt, wollte ich rufen, ich nehme das zurück. Gib mir noch die Viertelsekunde bis null! – In dem Moment klingelte glücklicherweise das Telefon oder der Wecker. Ich fuhr, mein schweißnasses Haupt schüttelnd, vom Kissen hoch, und der fette langweilige Roman, über, richtiger unter dem ich eingeschlafen war, fiel polternd zu Boden.

Vor einiger Zeit, auf Schloss Elmau, habe ich diesen Traum, jedenfalls ungefähr diesen, schon einmal erzählt – in des Wortes ursprünglicher Bedeutung – und der geselligen Runde etlicher Kollegen, die ich, ehe ich preisgab, wie meine Entscheidung ausgefallen war, erst mal fragte, was *sie* wohl gewählt hätten in einer derart bedrohlichen Situation. Alle sagten: schreiben; das sei ihnen wichtiger, davon lebten sie schließlich – alle, außer einem Dichter. Es war, Ihnen kann ich es ja verraten, Durs Grünbein. Der meinte, dieser Traum sei eine perfide Schnapsidee von mir, an der Priorität des Lesens aber nicht zu rütteln, denn nichts wecke das Bedürfnis, zu schreiben, so sehr wie das Lesen. Und überhaupt müsse man die Sache mal weiterdenken. Wo kämen wir denn hin, wenn jeder nur noch schreiben wollte und keiner mehr lesen?! Das sei ja viel schlimmer als umgekehrt. – »Genau«, schob ich, den Rest Whiskey aus einer eingeschmuggelten Literflasche konspirativ auf unsere beiden Zahnputzgläser verteilend, nach, »Erzähler, die nicht lesen, sind selten besser als Erzähler, die nicht schreiben.«

Mit diesem zweifelhaften Selbstzitat wäre ich nun endlich bei meinem dritten und letzten Anfang: Schreiben können setzt, wie wir seit anno Schnee wissen, Lesen können voraus. Doch lange bevor die meisten von uns lesen und dann schreiben lernen, hören, sehen, sprechen sie bereits. Bei mir, wie bei vielen späteren Schriftstellern, war das meiste wie bei diesen meisten – und trotzdem irgendwie anders, was vermutlich erst einmal noch nicht mit meiner ausgeprägten Linkshändigkeit zusammenhing, denn die hinderte mich ja seltsamerweise kaum am Lesen. Sobald ich einigermaßen begriffen hatte, was ein Text ist, galt meine Aufmerksamkeit so oft wie möglich nur noch Gedrucktem. Ich wollte nichts mehr hören, nicht mehr sprechen, wurde wirklichkeitsflüchtig und, da Fernsehapparate wohl bereits erfunden, im Osten Deutschlands aber noch ziemlich rar waren, eine manische Betäubungsleserin. Die dicksten Schwarten zog ich aus dem nicht eben kanonisch sortierten Bücherregal meiner Eltern, und wenn sie hübsche Einbände hatten und Roman draufstand oder gar Kriminalroman, las ich sie – von der ersten bis zur letzten Seite. Wichtig war mir nur, dass der jeweilige Buchstabensalat gut gewürzt war, dass die Lektüre einen spannenden, jedoch relativ gefahrlosen Leseabenteuerurlaub gewährte, mich verführte zu imaginären Fernreisen über die unberechenbaren Weltmeere oder in schwüle Dschungel voller seltsamer, womöglich gefährlicher Pflanzen und Tiere, eben Gegenden, in denen ich mich und mein Leben, das einer lust- und trostlosen, frühreifen, pummligen Schulversagerin, für ein paar Stunden vergessen konnte. Nachdem ich mit den Romanen durch war, griff ich zum Rest des Regalinhalts. Ich las außer den gesammelten Werken von Marx, Engels, Lenin und Stalin jedes Buch, das wir im Hause hatten, auch »Frauenleiden von A bis Z«, »Die Saratower Methode der fehlerfreien Arbeit« und »Diensthunde richtig führen«, behielt jedoch bestenfalls die Titel im Kopf und ansonsten fast nichts davon. Jedes weitere Buch löschte das vorige, überschrieb es quasi mit einem neuen Programm.

Lesen, also Buchstaben verfolgen und verstehen, konnte ich früh, eigentlich schon, bevor ich in die Schule kam. Und auch das Schreiben wäre mir sicher leicht gefallen, wenn, ja, wenn ich es mit jener Hand hätte tun dürfen, mit der ich alles andere tat. Aber das strenge Fräulein Meinel, meine erste Klassenlehrerin, ließ es nicht zu. Sie störte der Anblick meiner, wie sie sagte, »linken, krummen Kralle« ganz gewaltig. Ihr werde, meinte sie, direkt schlecht, wenn sie sehe, wie meine Linke mit Bleistift oder Füllfederhalter Buchstaben aneinanderkratze; dabei tat ich dies willig und für mein damaliges Verständnis sogar recht flott. *Was* ich schrieb, war richtig, nur, *wie* ich schrieb, das war grundsätzlich falsch, in Fräulein Meinels Augen fast schon eine Art Verbrechen. Also entriss sie mir bei jeder sich bietenden Gelegenheit Heft oder Schreibwerkzeug und forderte mich schrill quietschend auf, wie »jeder vernünftige Mensch« die rechte Hand zu gebrauchen. Seltsamerweise war ich tatsächlich das einzige linkshändige Kind in jener 1b, eines, das vielleicht nicht unbedingt wie die anderen sein, doch ebenfalls, besser noch *ebenso,* schreiben können wollte – und wenn es das mit der Hand, die ihm gehorchte, nicht durfte, dann musste dieses Kind namens Katja seine bislang eher inaktive rechte Hand halt irgendwie dazu *zwingen.*

Und Katja, die jedes Wort und beinahe jede Antwort wusste, stand an der Tafel und nahm, um ein Wort oder eine Antwort draufzuschreiben, die Kreide in die linke Hand … »Nein, nein, mit rechts, mit rechts«, riefen die vom Fräulein Meinel angestifteten neunundzwanzig Rechtshänder der 1b. Und Katja versuchte es, und die Kreide brach ab, und Katja ging unverrichteter Dinge wieder zu ihrem Platz und bemühte sich und krampfte »das schöne Händchen« um den Füller, dessen mit viel zu großem, ungleichmäßigem Druck geführte Feder sich spreizte und kleckste oder gar keine Tinte mehr freigab und manchmal auch noch das Papier zerriss. Katja schwitzte, knurrte vor Wut, verbiss sich die Tränen, die ihr oft genug trotzdem die Wangen runterliefen und auf das soeben Niedergeschriebene tropften, doch ihre nun völlig verschmierten, rechtshändig gekrakelten Buchstaben blieben unbeholfen und schief, einfach schrecklich hässlich. Darum begann die »ABC-Schützin« (noch so ein saublödes Wort) Katja, das Schreiben zu hassen. Und was tut jemand, der das Schreiben hasst, aber nicht das Geschriebene? Er liest. Ich jedenfalls tat es, denn merkwürdigerweise vergaß ich beim Lesen am besten, dass ich nicht schreiben konnte, weder mit der Linken, die als Schreibhand nicht akzeptiert wurde, noch mit der Rechten, die lange, weit über die zweite Klasse hinaus, keine Fortschritte im Schönschreiben erzielte. Beim Lesen vergaß ich alles: mein Problem, die reale Welt um mich herum, mich selbst – und sogar, dass das Einzige, was mich alles vergessen machte, das Lesen war.

Noch immer verblüfft mich der Gedanke, dass *Lesbares,* sofern es sich dabei nicht um die Spuren von Tieren oder Menschen handelt, nichts anderes ist als *Geschriebenes.* Etwa ab der vierten Klasse, nach diversen Förderungsmaßnamen und vielem widerwilligen Üben, ging es einigermaßen mit dem rechten Schreiben, nur leider nicht mit der Rechtschreibung; die Blockade im Kopf und die daraus resultierenden Fehler sowie die Buchstaben- und Wortfindungsschwierigkeiten blieben. Bis heute verkrampft sich meine rechte Hand beim Schreiben, so schmerzhaft, dass ich sie bereits nach wenigen Zeilen schütteln muss.

Dass ich zu den manischen Betäubungslesern gehörte und Buchseiten verschlang, wahllos und massenhaft wie mancher Schokolade, das allerdings änderte sich radikal, als mir eine Bibliothekarin, von der ich »Aufregendes« gefordert hatte, Herman Melvilles Erzählung »Bartleby, der Schreiber« in die linke Hand drückte. Noch am Tresen der Bücherei begann ich zu lesen; meine Ohren fingen Feuer, meine Augen wurden feucht – und bei *Bartleby* vergaß ich mich erstaunlicherweise nicht, sondern fühlte mich, zum ersten Mal, seit ich Bücher konsumierte, an mich erinnert. Bartleby war mein Mann – und nicht in Havanna oder Ostberlin, sondern in New York! Bartleby war mein Freund, mein Bruder, Bartleby war ich, nur eben weder linkshändig (obwohl sich Melvilles Erzähler, dieser Wall-Street-Anwalt, dazu gar nicht dezidiert äußert) noch ein Mädchen und vielleicht deshalb mutiger oder zumindest sturer, ja, ausgesprochen unnachgiebig; der *sagte,* was ich bloß *dachte,* wenn mich meine Oma oder ein Lehrer mich nötigten, mein Buch wegzulegen, weil ich Kartoffeln schälen oder vor die Klasse treten und auf Fragen antworten sollte, die ich kaum verstanden hatte: »Ich möchte lieber nicht.« Die explosive Mischung dieses Wörter-Amalgams aus rebellischer Demut und sanfter Verweigerung, die Bartleby die Freiheit und schließlich das Leben kostet, bewirkte, dass auch bei mir nichts so blieb, wie es einen Tag zuvor noch gewesen war. Bartlebys *Satz* – im doppelten Sinne des Wortes – war der erste, der mich wirklich *bewegte,* ebenfalls in des Wortes zweifacher Bedeutung; und ich wurde, seit dieser Satz mich derart *mitgenommen* hatte, eine andere Leserin, womöglich schon jene, die schreiben wollte, von nun an gegen jeden Widerstand.

Mein Erlebnis mit Bartleby hatte zur Folge, dass ich mir jeden Melville-Text besorgte, der sich unter DDR-Bedingungen auftreiben ließ, und aus der *Bücherfresserin* wurde eine liebende Lesende. Ich entflammte für Melvilles Prosa, die selbst als Roman von der Größe und dem Umfang eines »Moby Dick«, dieses einzigartigen Pottwals der Weltliteratur, noch so dicht ist wie nur wenige Romane sonst, eben nicht *episch* im üblichen Sinne, nicht das, was ich bis dato unter *Belletristik* verstanden hatte. Literarische Texte dieser Qualität nannte und nenne ich etwas flapsig, doch voller Bewunderung *Brühwürfel*, weil auch sie so etwas sind wie kompakte Extrakte aus besten Ingredienzien, die erst der Leser sich nach Laune und Geschmack verdünnen, also verwässern mag, falls er sie pur nicht verträgt. Ein Brühwürfel-Text ist eingedampfte Substanz, der jedes *überflüssige* Wort entzogen ist, obgleich deren Erzeuger oder Verfasser, ebenso wie ein Romancier, wenn überhaupt, nach Zeilen bezahlt wurde. Ein anderer als Melville, dem bald kein Verleger mehr auch nur ein Stück Brot für seine Manuskripte geben wollte, hätte womöglich jedes einzelne der erzählungsartig geschlossenen, vollkommen schlackenlosen Kapitel des »Moby Dick« zum Roman aufgeblasen – oder aufgefüllt oder aufgegossen – und wäre vielleicht nicht so verkannt und arm gestorben wie jener.

Durch Melville angestiftet, begann ich nach weiteren, den Brühwürfel-Kriterien entsprechenden Prosatexten zu suchen, und bei denen, die meinen gewachsenen Ansprüchen gerecht wurden, handelte es sich bemerkenswert oft um Erzählungen. So entdeckte ich Johann Peter Hebels »Unverhofftes Wiedersehen«, eine der besten Erzählungen, die je geschrieben wurden und vielleicht die erste astreine Shortstory überhaupt.

Und hier erlaube ich mir ein erstes Beispiel. Denn bei dieser kurzen Erzählung mit dem seltsamen Schluss, die wohl auf einer wahren Begebenheit basiert, sträuben sich mir, so oft ich sie wieder und immer wieder lese, die Nackenhaare. Und wenn ich Ihnen Hebels »Unverhofftes Wiedersehen«, obgleich Sie es vermutlich kennen, nun zu Gehör bringe, achten Sie bitte darauf, wie viele Jahrzehnte, wie viel Menschheitsgeschichte dieser Alemanne und wahre *Maître des Brühwürfels* in nicht einmal hundert Zeilen bergen konnte – und zwar für immer.

Unverhofftes Wiedersehen

In Falun in Schweden küßte vor guten fünfzig Jahren und mehr ein junger Bergmann seine junge, hübsche Braut und sagte zu ihr: »Auf Sankt Luciä wird unsere Liebe von des Priesters Hand gesegnet. Dann sind wir Mann und Weib und bauen uns ein eigenes Nestlein.« – »Und Friede und Liebe soll darin wohnen«, sagte die schöne Braut mit holdem Lächeln, »denn du bist mein einziges und alles, und ohne dich möchte ich lieber im Grab sein als an einem anderen Ort.« Als sie aber vor Sankt Luciä der Pfarrer zum zweiten Male in der Kirche ausgerufen hatte: »So nun jemand Hindernis wüßte anzuzeigen, warum diese Personen nicht möchten ehelich zusammenkommen«, da meldete sich der Tod. Denn als der Jüngling den andern Morgen in seiner schwarzen Bergmannskleidung an ihrem Haus vorbeiging, der Bergmann hat sein Totenkleid immer an, da klopfte er zwar noch einmal an ihrem Fenster und sagte ihr guten Morgen, aber keinen guten Abend mehr. Er kam nimmer aus dem Bergwerk zurück, und sie saumte vergeblich selbigen Morgen ein schwarzes Halstuch mit rotem Rand für ihn zum Hochzeitstag, sondern als er nimmer kam, legte sie es weg und weinte um ihn und vergaß ihn nie. Unterdessen wurde die Stadt Lissabon in Portugal durch ein Erdbeben zerstört, und der Siebenjährige Krieg ging vorüber, und Kaiser Franz der Erste starb, und der Jesuitenorden wurde aufgehoben und Polen geteilt, und die Kaiserin Maria Theresia starb, und der Struensee wurde hingerichtet, Amerika wurde frei, und die vereinigte französische und spanische Macht konnte Gibraltar nicht erobern. Die Türken schlossen den General Stein in der Veteraner Höhle in Ungarn ein, und der Kaiser Joseph starb auch. Der König Gustav von Schweden eroberte Russisch-Finnland, und die Französische Revolution und der lange Krieg fing an, und der Kaiser Leopold der Zweite ging auch ins Grab. Napoleon eroberte Preußen, und die Engländer bombardierten Kopenhagen, und die Ackerleute säeten und schnitten. Der Müller mahlte, und die Schmiede hämmerten, und die Bergleute gruben nach den Metalladern in ihrer unterirdischen Werkstatt. Als aber die Bergleute in Falun im Jahr 1809 etwas vor oder nach Johannis zwischen zwei Schachten eine Öffnung durchgraben wollten, gute dreihundert Ellen tief unter dem Boden, gruben sie aus dem Schutt und dem Vitriolwasser den Leichnam eines Jünglings heraus, der ganz mit Eisenvitriol durchdrungen, sonst aber unverwest und unverändert war, also daß man seine Gesichtszüge und sein Alter noch völlig erkennen konnte, als wenn er erst vor einer Stunde gestorben oder ein wenig eingeschlafen wäre an der Arbeit. Als man ihn aber zu Tag ausgefördert hatte, Vater und Mutter, Gefreundete und Bekannte waren schon lange tot, kein Mensch wollte den schlafenden Jüngling kennen oder etwas von seinem Unglück wissen, bis die ehemalige Verlobte des Bergmanns kam, der eines Tages auf die Schicht gegangen war und nimmer zurückkehrte. Grau und zusammengeschrumpft kam sie an einer Krücke an den Platz und erkannte ihren Bräutigam; und mehr mit freudigem Entzücken als mit Schmerz sank sie auf die geliebte Leiche nieder, und erst als sie sich von einer langen und heftigen Bewegung des Gemüts erholt hatte, »es ist mein Verlobter«, sagte sie endlich, »um den ich fünfzig Jahre lang getrauert hatte und den mich Gott noch einmal sehen läßt vor meinem Ende. Acht Tage vor der Hochzeit ist er auf die Grube gegangen und nimmer gekommen.« Da wurden die Gemüter aller Umstehenden von Wehmut und Tränen ergriffen, als sie sahen die ehemalige Braut jetzt in der Gestalt des hingewelkten kraftlosen Alters und den Bräutigam noch in seiner jugendlichen Schöne, und wie in ihrer Brust nach fünfzig Jahren die Flamme der jugendlichen Liebe noch einmal erwachte; aber er öffnete den Mund nimmer zum Lächeln oder die Augen zum Wiedererkennen; und wie sie ihn endlich von den Bergleuten in ihr Stübchen tragen ließ, als die einzige, die ihm angehöre und ein Recht an ihn habe, bis sein Grab gerüstet sei auf dem Kirchhof. Den andern Tag, als das Grab gerüstet war auf dem Kirchhof und ihn die Bergleute holten, schloß sie ein Kästlein auf, legte ihm das schwarzseidene Halstuch mit roten Streifen um und begleitete ihn in ihrem Sonntagsgewand, als wenn es ihr Hochzeitstag und nicht der Tag seiner Beerdigung wäre. Denn als man ihn auf dem Kirchhof ins Grab legte, sagte sie: »Schlafe nun wohl, noch einen Tag oder zehn im kühlen Hochzeitsbett, und laß dir die Zeit nicht lang werden. Ich habe nur noch wenig zu tun und komme bald, und bald wirds wieder Tag. Was die Erde einmal wiedergegeben hat, wird sie zum zweiten Male auch nicht behalten«, sagte sie, als sie fortging und noch einmal umschaute.[1]

Und weil es so schön traurig war und weil Hebel noch kleinere, aber nicht minder dichte Brühwürfel fabriziert hat und sich als ein echter Melancholiker manchmal ganz gern in die Komik rettete (darauf, wie das zusam-

---

1 Johann Peter Hebel, Werke, Erster Band, herausgegeben von Eberhard Meckel, Frankfurt a.M., 1968, S. 271ff.

menhängt, werde ich dann in einer der nächsten Vorlesungen zu sprechen kommen), will ich Ihnen auch die kürzeste aller Johann-Peter-Hebel-Kalendergeschichten nicht vorenthalten:

Die Ohrfeige

> Ein Büblein klagte seiner Mutter: »Der Vater hat mir eine Ohrfeige gegeben.« Der Vater aber kam hinzu und sagte: »Lügst du wieder? Willst du noch eine?«[1]

Ebenso ergriffen wie die von Melville und Hebel las ich Boccaccios, Büchners und Kleists Novellen, Tschechows und Gogols Erzählungen, die des Franz Kafka, des Mark Twain, des Ernest Hemingway, der Carson McCullers, der Patricia Highsmith, um nur einige herausragende Vertreter des Metiers zu nennen. Nichts Literarisches, abgesehen von einer Reihe großartiger Gedichte (die ich aber erst viel später für mich entdeckte), konnte mich derart beeindrucken, ist mir bis heute wichtiger, als die Erzählungen der eben genannten Autoren, die ich während jener Jahre liebgewann, in denen ich, Bartlebys Beispiel vor Augen, so renitent wurde, wie es mir nicht einmal meine »Falschhändigkeit« in die Wiege gelegt hatte, und von der Schule flog – und daraufhin Schriftsetzer lernte, ausgerechnet Schriftsetzer.

Was mir vom ersten Tag der Lehre an gefiel, war, dass ich nun schreiben konnte, *ohne* zu schreiben, dass ich

---

1 ibd. S. 243

die Lettern, also die Buchstaben, ergreifen und im Winkelhaken zu Wörtern aneinanderreihen konnte, so seitenverkehrt wie ich es selber war und bin, so spiegelschriftlich, wie es einem Linkshänder naturgemäß babyeierleicht fällt. Denn jeder echte Linkshänder entdeckt irgendwann, dass er Spiegelschrift nicht nur lesen, sondern auch »mit links«, also mühelos, erzeugen kann, was sich beim Setzen insgesamt als ein großer Vorteil erwies, weil Handsetzer nach Akkord bezahlt wurden, und da sparte es einem schon viel Zeit, wenn man linksgepolt war. Ich jedenfalls musste mir niemals erst einen seitenrichtigen Korrekturabzug machen; ich konnte jeden Fehler absolut zuverlässig bereits im seitenverkehrt auf dem Schiff geparkten Schriftsatz tilgen.

Dieser Beruf, den ich ausübte, bis er auszusterben begann, zunächst mit dem Winkelhaken am Setzkasten, dann an der nach Bleidampf stinkenden Linotype, der Zeilensetz- und Gießmaschine, hat meinen Hang zur kompakten, dichten, ja, kürzestmöglichen Prosa wahrscheinlich ebenso, wenn nicht noch mehr befördert wie meine Bewunderung für die Erzählung.

Ich bitte Sie, sich das einmal vorzustellen: Ich (oder sonst ein DDR-Setzer) hatte das per Schreibmaschine getippte, handschriftlich korrigierte Manuskript eines x-beliebigen, für Publikationsorgane wie »Die Brieftaube«, »Der Röntgendiagnostiker« oder »Unser Sportverein Grün-Weiß« tätigen Redakteurs in das andere, das haltbarere Medium zu übertragen, also tatsächlich *in die Schrift zu setzen,* was ganz profan bedeutete, dass ich stundenlang bei künstlichem Licht auf meinen geschwollenen Plattfüßen an dem Kasten mit den 8-Punkt-Bodoni-Lettern stand oder im engen Plexiglashäuschen isoliert hinter der Linotype gluckte. Und dabei ging mir – unvermeidlicherweise – der Text des Autors der jeweiligen Druckvorlage durch den Körper: über die Augen ins Gehirn und von dort zurück in die Hände. Das heißt, ich *musste* jede Zeile *lesen* und, im wahrsten Sinne des Wortes, *begreifen,* wenn ich nicht vom Manuskript abweichen, also Fehler machen wollte, ganz gleich wie stilistisch falsch, inhaltlich schwammig, rhetorisch schief so ein Artikel schließlich herausschaute aus diesem oder jenem unserer insgesamt idiotischen Wurstblätter. An die Seitenwand der Linotype Nummer 4 in der zweiten Gasse links, auf der ich am liebsten arbeitete, klebte ich, zu meinem und der Kollegen Trost, ein Zitat meiner Großmutter: »Wo alles stinkt, kann einer alleine nicht duften.« Wir Schriftsetzer und Buchdrucker der »Gutenberg-Galaxis« waren unfreiwillige Leser, zwangsgebildete Proleten, zweifellos das, was Hegel etwas pathetisch »die plebejischen Schultern der Aufklärung« genannt hat, doch die Multiplikatoren jedweder Ideologie, die waren wir auch. Wen wundert's, dass ich mich manches Mal fragte, warum – um alles in der Welt, selbst der des Sozialismus – die meisten dieser Manuskripte, egal für welche Zeitschrift und zu welchem Thema, so umständlich und langatmig, ja, unerträglich verschwafelt waren, obwohl sie nichts sagten, aber das gleich doppelt und dreifach. – Dieser Gutenberg-Galaxis, deren Ende und dem Seitenverkehrten, habe ich übrigens in meinem Roman »Die Letzten – Aufzeichnungen aus Udo Posbichs Druckerei« ein subversives, also etwas windschiefes Denkmal gesetzt.

Versteht es sich, derartige Arbeits- und Lebensumstände bedenkend, nicht von selbst, dass ich einen regelrechten Ekel gegen hohle Phrasen, breite Floskeln, stumpfsinnige Wortwiederholungen, weitschweifige Banalitäten entwickelte und nach Feierabend zu meinen »Brühwürfeln« floh, die ich heißer denn je liebte, weil sie mir halfen, den anderen Mist so lange auszuhalten; bis ich ihn eben nicht mehr aushielt und mich vom Schriftsetzer zum Schriftsteller beförderte, allerdings erst nach meiner »Republikflucht«, zu einem Schriftsteller, der mit dem Schreiben, nicht nur dem eigenhändigen, sein Leben lang derart hadert, so heftig, dass er möglichst wenige Worte machen will, zu einem Schriftsteller, meinetwegen auch einer Schriftstellerin, der ihre Zeit an Setzkasten und Linotype genauso in den Knochen steckt wie die Leidenschaft für dichte Texte, deren fähige, hoch konzentrierte Autoren ihrer Eitelkeit nicht auf den Leim gingen noch gehen, weil sie wussten und wissen: Es gibt verdammt viel gute Literatur, und Jahr um Jahr kommt mehr und immer mehr hinzu. Darum sollte der sterbliche Leser mit dem, was *ein* Schriftsteller zu sagen hat, nicht länger beschäftigt sein als unbedingt nötig.

Leider nicht unerforschlicher-, aber weiterhin rätselhafterweise steht die Erzählung, diese aus meiner

Sicht nachhaltigste aller Prosa-Gattungen, lange Zeit schon im Schatten des Romans, was wahrscheinlich daher rührt, dass der für gewöhnlich opulente, na, zumindest korpulente Roman entsprechend viel Schatten wirft, oder daher, dass die Leser, in Tateinheit mit den Verlegern und umgekehrt, kaum mehr an Sprache, mithin an Literatur, interessiert sind. Aber woran dann? Figurenvielfalt, also ein möglichst über drei, vier Generationen verteiltes Protagonisten-Getümmel, Handlung auf wenigstens fünf Ebenen und an historisch-exotisch-futuristischen Schauplätzen?! Favorisiert das verlegende Verlangen deswegen den Roman und die jeweilige Jury des Deutschen Buchpreises allzu oft den Familienroman? Ist das der Grund dafür, dass die wunderbare Angelika Klüssendorf, die mit ihren Antifamiliengeschichten von einem drangsalierten und dennoch bärenstarken Mädchen auch auf der Shortlist stand, diesen Preis nicht bekam?

Erzählungen, jedenfalls solche, die dem Anspruch des Genres gerecht werden, sind entschieden strenger komponiert als die meisten Romane. Das entspricht einer Logik, die man meinethalben mathematisch nennen mag, denn je weniger Worte ein Text enthält, desto wichtiger ist jedes einzelne. Das wiederum bringt die Erzählung, obgleich sie, bescheidene Beiläufigkeit vortäuschend, als Prosa auftritt, in die Nähe des Gedichts. Ja, manche Erzählung, etwa Wenedikt Jerofejews »Reise nach Petuschki«, die der Autor nicht grundlos »ein Poem« nannte, ähnelt einem Erzählgedicht, so wie umgekehrt manche Gedichte, Balladen etwa, der Dramaturgie der Erzählung folgen.

Und da ich mich gerade ins Theoriehafte hineinpolemisiere, will ich dies – »nach Maßgabe meiner Begreifungskraft«, wie Monika Maron, ein Kleist-Zitat abwandelnd, schrieb, gerne noch etwas weiter betreiben:

Erzählung – ist doch irgendwie einleuchtend, dass ich lieber Brühwürfel dazu sage, denn das korrekte deutsche Wort für diese komprimierte Prosaform hat den gleichen Bartleby'schen Kanzleicharme wie andere »ung«-Wörter: Dicht*ung*, Beleidig*ung*, Stalld*ung* … und das Synonym, richtige Ersatzwort *Geschichte* klingt, trotz seiner interessanten Doppelbedeut*ung*, zu harmlos, ja, infantil für das, was damit gemeint ist. Die Mutter von Erzählung oder Geschichte sowie deren noch kürzeren Geschwistern *Skizze* und *Anekdote* ist die – wiederum mit dem *Drama* verwandte, aber geraffter als dieses expositionierte, wendepunktfixierte – gleichfalls doppeldeutige *Novelle,* die sich bekanntlich von der italienischen *novella,* der Neuigkeit, herleitet. Und welch strahlende Vergangenheit hat sie, die gute alte Novelle, diese, was die Kriterien anbelangt, spezifischste und deshalb vielleicht schönste aller Erzählungsarten in der italienischen, russischen, französischen, englischen und auch der deutschsprachigen Literatur. Bei E. T. A. Hoffmann, Gottfried Keller, Theodor Storm und Thomas Mann, dessen Erzählungen echt besser sind als seine viel bekannteren Romane, finden sich einige ebenso gelungene Novellen wie bei den bereits genannten Meistern Hebel, Büchner, Kleist und Kafka.

Doch der schon immer geschäftstüchtige Literaturbetrieb, der den auf Ablenkung, Erbauung, Unterhaltung und Belehrung versessenen Menschen der Vorkino- und Vorfernsehzeit für all die – in unseren Breiten früher üblichen – kalten, düsteren, langen Winterabende und -nächte mit dicken, also teuren, Neuerscheinungen versorgt wissen wollte, forderte laut und immer lauter erst *auch,* dann *nur noch* den *Roman*. Das kränkte die Novelle; sie packte, wie so mancher Europäer damals, ihre sieben Sachen, ging nach Amerika und kehrte – eines schönen und noch gar nicht fernen Tages – im »Outfit« der *Short Story* wieder zu uns zurück. Dabei hatte sie es im Exil, das ja nicht spurlos an ihr vorüberging, wirklich besser, als »in unserer Welt, der alten«! Denn zum Glück, auch dem der Novelle, demokratisierten die früheren »Amis« alles Geistige und Schöngeistige: Kirche, Schule, Universität, Printmedien und sogar die Literatur. Die wohlfeilen Zeitungen, die sich dort bald überall verbreiteten, hatten noch nicht sehr viele Nachrichten zu vermelden, sollten aber trotzdem nicht zu dünn sein, weil der Abo zahlende Leser sonst sauer gewesen wäre. Da kam die Novelle doch wie gerufen! Dem möglichst nicht gänzlich unbekannten Autor wurde eine bestimmte Menge von Anschlägen vorgegeben, und dann konnte er schreiben, was er wollte; man druckte es, solange es den Lesern gefiel. Für manchen Autor eines kleineren Blattes aus einer entlegeneren Prärie waren Kolumne, Glosse und Short

Story das ultimative Trittbrett zu einer Metropolenzeitung oder gar einem Buchverlag. Diese knappe, meist, wie ursprünglich die Novelle, die Eskalation eines Ereignisses erzählende, Short Story genannte Zeitungs-Literatur fand rasch weite Verbreitung und damit jene Popularität, die in den Vereinigten Staaten schon immer ein gewisses Ansehen bewirkte. US-amerikanische Autoren von Weltrang wie Poe, Irving, Twain, Bierce, Henry, Hemingway, Faulkner, McCullers, Vonnegut, Updike, Carver, um nur einige zu erwähnen, machten aus der Short Story eine eigenständige literarische Gattung, die, gemäß der Eisberg-Theorie von Ernest Hemingway, Texte hervorbrachte, deren Wirkung sich nicht so sehr den für den Vorgang des Erzählens benötigten Wörtern verdankt, sondern weit mehr dem Ungesagten darunter – oder dahinter.

Doch warum bloß, trotz der nach dem Zweiten Weltkrieg hierzulande zur »Leitliteratur« avancierten Übersetzungen aus dem Amerikanischen und trotz Johannes Bobrowski, Heinrich Böll, Günter Grass, Friedrich Dürrenmatt, Marieluise Fleißer, Ingeborg Bachmann, Wilhelm Genazino, Maxim Biller …, die sich mit Erfolg, sogar kommerziellem, gelegentlich zur knappen Prosa bekannten, blieben Novellen, Erzählungen und Kurzgeschichten, wie die Short Storys früher bei uns hießen, die ja durchaus geschrieben wurden und werden, auch von jüngeren Kollegen, weiterhin in den Büroecken deutscher Verlagslektoren liegen? Und haben wir vielleicht nicht erlebt, dass man respektablen längeren

Erzählungen das Etikett Roman oder, noch seltsamer, *Kurzroman* verpasste? Und die (edel)federführenden Feuilleton-Redaktionen der überregionalen Blätter wollten auch immer bloß *Debatten* lostreten und sich schmücken mit den *Essays* berühmter Zeitgeister. *Storys*, ja, die wurden und werden gerne genommen, auch und besonders von der Regenbogenpresse. Aber Short Storys? So etwas war und ist, bei aller Liebe zu allem sonstigen Amerikanischen, überhaupt nicht en vogue.

Immerhin sorgte schon 1998 das berühmt-berüchtigte originale *Literarische Quartett*, das kürzlich in neuer Besetzung wiederbelebt wurde, endlich einmal für eine echte, ja sensationelle Premiere: Ein Band deutscher Erzählungen wurde besprochen, den zudem eine Debütantin verfasst hatte, die damals noch unbekannte Judith Hermann. Im selben Jahr erschien das zweite Buch des erklärten Raymond-Carver-Fans Ingo Schulze; und dieser Roman aus myzelartig untergründig miteinander verbundenen Erzählungen heißt hintersinnigerweise »Simple Stories«.

Wegen des wagemutig-beharrlichen Engagements einzelner Schriftsteller, Rezensenten und sogar Lektoren, sei, sollte man meinen, schließlich auch das Eis geschmolzen, unter dem die Erzählung im Meer der Literatur nahezu unbeachtet vor sich hin schwamm wie der zähe alte Marlin aus Ernest Hemingways populärster Novelle »Der alte Mann und das Meer«. Leider stimmt das nicht einmal zur Hälfte, denn die viel beschworene »Welle des neuen deutschen Erzählens«, die mancher gar nicht mehr abebben sah, war und ist keineswegs identisch mit der neueren deutschsprachigen Erzählung, und weiterhin lautet das verlegende Verlangen eher so: Erzählen? Ja, sehr gerne, aber bitte unverkrampft, womit wir *inhaltlich* unkonventionell meinen. Und leicht lesbar muss es sein, frei von Sprachexperimenten oder orthografischen Mätzchen und im – möglichst authentischen – Ich-Ton gehalten, und ausführlich vor allem, damit wir es wie gewohnt als Roman deklarieren können.

Nein, o nein, mit *solchem* Erzähl*en* hat die Erzähl*ung* nichts gemein. Der Erzählung nämlich, wenn sie denn gelungen ist, gebührt Hemingways Eisberg-Metapher ganz und gar.

Und hier nun ist es an der Zeit, dies berühmte Eisbergmodell, das Hemingway zuerst in seinem Essay-Roman »Death in the Afternoon« (Tod am Nachmittag) entwickelte und auch in seiner Nobelpreis-Rede erwähnte, einmal wiederzugeben mit dessen, freilich übersetzten, Worten:

> Ich versuche immer nach dem Prinzip des Eisbergs zu schreiben. Sieben Achtel davon liegen unter Wasser, nur ein Achtel ist sichtbar. Alles, was man eliminiert, macht den Eisberg nur noch stärker. Es liegt alles an dem Teil, der unsichtbar bleibt. Wenn ein Schriftsteller etwas auslässt, weil er es nicht weiß, dann ist ein Loch in der Geschichte. (...) Doch wenn ein Prosaschriftsteller genug von dem versteht, worüber er schreibt, wird der Leser

> das Ausgelassene genauso stark empfinden, als hätte der Autor es zu Papier gebracht. Da sich nur ein Achtel von ihm über Wasser befindet, bewegt sich ein Eisberg derart anmutig.[1]

Lassen Sie es mich auch mit meinen kargen Worten sagen: Eine Mücke zum Elefanten aufblasen, das ist vergleichsweise einfach und gilt als »Tugend«, freilich nur als Tugend des Romans. Die Erzählung hingegen wird grundsätzlich vom umgekehrten Ehrgeiz befeuert, nämlich dem, aus einem Elefanten eine Mücke zu machen, aber eine, die kein Gramm leichter ist als der Elefant.

Eine Erzählung, die diesem Prädikat gerecht wird, verlangt Konzentration, von *beiden,* dem Autor *und* dem Leser. Da sie, anders als für gewöhnlich der Roman, nicht so in die Breite und Länge geht und deshalb eher der Poesie nahesteht, kann die Erzählung eben nicht *alles* erzählen, wie der unglückliche, ja kontraindizierte Begriff es suggeriert, weil *zählen* in ihm steckt; und das Verb *zählen* lässt, in Kombination mit der Vorsilbe *er,* einen Sinn aufscheinen, der auch dem Wort *errechnen* eingeschrieben ist. Also: errechnen = ausrechnen, erzählen = aus(er)zählen. Dabei entspricht, ich wiederhole es absichtlich, gerade das reziproke Ideal dem des »Prinzips« Erzählung.

Gibt es Naturgesetze, die auch – oder sogar nur – in

---

1 Auszug aus der Nobelpreis-Rede von 1954

der Literatur wirken? O ja, *ein* solches Literatur-Natur-Gesetz, vielleicht kein zweites, gibt es: Je weniger Wörter ein Text hat, umso wichtiger ist jedes einzelne von ihnen. Darum beschränkt sich eine gute Erzählung auf das Not*wendige* (wieder im wahren Sinne des Wortes); sie erklärt nicht und rettet sich nicht, wie mancher – dann allerdings schlechte – Roman, aus Sprachnot ins Schlauchboot der Handlung, die allein ihn, den schlechten Roman, nun träge davonträgt, übers ach so weite, aber bitte nicht zu tiefe Wasser platzgreifender Zeilenschinderei, einen Ozean voller Geschwätzigkeit und Redundanzen, bis ans sichere Ufer eines mal mehr, mal weniger *finalen* Schlusses, wo seit fünf-, sechs-, sieben-, achthundert oder gar tausend Seiten geduldig (und was mich betrifft vergeblich!) *die Botschaft* wartet – und mit ihr die ganze masochistische, von solchem Fleiß jedes Mal aufs Neue schwer beeindruckte Zielgruppengemeinde der Dicke-Schinken-Freunde. Ich rede hier, auch das betone ich nochmals, wohlgemerkt von schlechten Romanen. Denn natürlich gibt es auch die guten, die, bei denen ich, wie bei Melvilles »Moby Dick«, trotz ihres beträchtlichen Umfangs kein Wort, nicht einmal ein Satzzeichen, missen möchte.

II

Das vorige Mal sprach ich von meiner Linkshändigkeit, davon, wie sehr sie mein Leben beeinflusst hat und noch immer beeinflusst. Ich sprach von meiner Zeit als Schriftsetzer, in der sich meine fast schon neurotische Abneigung gegenüber Redundantem und geschwätziger Vielseitigkeit (im anderen als dem üblichen Wortsinn) entwickelte und meine Zuneigung zur knapperen Prosa, insbesondere der Erzählung, noch mehr festigte, folgerichtigerweise, wie ich denke. Es gibt da einen Satz, den angeblich Karl Marx an seinen Freund Friedrich Engels schrieb. Ich habe nie überprüft, ob das stimmt, aber der Satz, egal auf wen er zurückgeht, passt mir trotzdem bestens in meine Polemik wider das allzu Weitschweifige und lautet wie folgt: »Entschuldige bitte, dass mein Brief so lang geworden ist; ich hatte keine Zeit.«

Geschätzte Anwesende, liebe Studentinnen und Studenten, nicht jeder Roman, aber ausnahmslos jede Erzählung, egal ob wir Leser sie dann gelungen oder nicht so prickelnd finden, bedarf der Verdichtung, der Präzision, des Bildes und provoziert deshalb – mitunter sogar gefährlich – unsere Erfahrung *und* Fantasie. Wie Hemingways Eisberg hat eine echte, also gute Erzählung ein Volumen, das man ihr nicht gleich ansieht und dessen Größe man beunruhigender-, doch auch erfreulicherweise zunächst mal kaum ahnt. Unter den lesbaren, sehr wohl den Text, aber eben nicht die ganze Geschichte darstellenden Wörtern verbergen sich jene, auf die wir erst nach der Lektüre stoßen, weil sie Fragen mit sich bringen, die wir uns schon selbst beantworten müssen; denn der Autor ist oftmals nicht – oder nicht mehr – verfügbar. Wenn wir uns den Fragen stellen, die der Text uns stellt, erst dann entdecken wir die ungeschriebenen, ungesagten oder sogar unsäglichen Wörter unter und hinter dem soeben Gelesenen, jene, um die es immer geht, wenn es um Literatur geht. Und gerade diese Wörter, also die ungeschriebenen und folglich nicht lesbaren, erzeugen so viel innere Spannung, dass sie den Rahmen der Erzählung jeden Moment zu sprengen drohen, ja, dass es uns fast zerreißt, die einen beim Schreiben, die anderen beim Lesen. Erzählungen – keiner der sich damit auskennt, auf die eine oder andere Weise, wird es leugnen – verlangen sorgsamere Sprach- und Stilmittel als die sonstige Belletristik und begeben sich von Anfang an in den Sog des Endes. Dieser Sog kann so stark sein, dass man, noch mitten im Lesen, schon begierig wissen will, worauf das Ganze hinausläuft. Es ist, wenn

Sie den Vergleich erlauben, wie mit Witzen, über deren Wirkung ja auch der Schluss entscheidet. Deshalb sollte ein Witz, nebenbei bemerkt die einzige Prosa-Gattung, die nur mündlich funktioniert, nicht aufs Ende *hin*, sondern vom Ende *her* erzählt werden. Denn die tragische und *darum* komische, hoffentlich total überraschende letzte Wendung gebietet, obwohl sie sich vorher keinesfalls verraten darf, vom ersten Wort an über alle diesem ersten Wort folgenden Wörter – und umgekehrt. Deshalb beeinflusst jedes im vorderen, mittleren oder hinteren Teil einer Erzählung »tätige« Wort jeden seiner zum selben »Organismus« gehörenden »Komplizen«, deshalb geht jeder atmosphärische Hauch über das gesamte Text-*Feld* und bewegt jeden einzelnen der Wort-*Halme*, aus denen dieses Feld besteht. Denn: Die Erzählung lebt! Es lebe die Erzählung!

So mancher der Egomanen in unseren Reihen, und natürlich meine ich jetzt die Reihen der Schriftsteller, einer von jenen, die ihre armen Leser möglichst lebenslang für sich allein okkupieren wollen, einer, der die Sprache vor allem als Transportmittel betrachtet und die Wörter so wenig halten kann wie ein Baby das Wasser, hätte »Unverhofftes Wiedersehen« oder »Die Verwandlung« oder »Tumorem superavi«, eine Erzählung, der wir uns noch widmen werden, womöglich zum Roman gedehnt; denn die erwähnten Stoffe würden dies »volumentechnisch« durchaus hergeben. Aber ein wahrer »Kreuzritter« der Erzählung, der ja immer auch ein Leser ist, wusste und weiß, dass er uns Leser mit dem, was er sagen *muss* und darum zu sagen hat, nicht unnötig aufhalten sollte. Auch dies erwähnte ich bereits.

Gewiss sind wir alle hier weder Joghurtbecher noch Bratwürste, doch darin, dass auch wir eine Art »Verfallsdatum« haben, unterscheiden wir uns nicht von Bratwürsten, Joghurt und Ähnlichem. Es gibt, seit die Menschheit – mit all ihren Sprachen – alphabetisiert ist, sehr viele Bücher, literarische Werke, die unsere Aufmerksamkeit, ja, Hingabe verdienen, und Jahr um Jahr kommen weitere hinzu. Wer, bei größter Liebe zur Literatur, soll das alles wann lesen? Wäre es unter diesem Aspekt nicht wirklich besser, wenn wir uns konzentrierten – beim Schreiben *und* beim Lesen?!

Nun glauben Sie aber bitte nicht, dass ich Ihnen (oder wem immer) sämtliche dicken Romane vermiesen wolle. Ich betone es noch einmal: Nicht jeder Achthundert-Seiten-Roman ist zu umfangreich und nicht jede Erzählung gut, nur weil sie kurz ist. Und keiner sollte aus meinem »Lob des Brühwürfels« schließen, dass er seinen unlängst abgebrochenen Romananfang oder ein dem Lektorat zum Opfer gefallenes Kapitel dem Herausgeber des nächstbesten Sammelbändchens nun als Erzählung andrehen könne. Und keiner sollte denken, dass sich Erzählungen mal eben so hinferkeln ließen zwischen Baum und Borke, etwa auf Lesereise, wenn der Zug wegen eines »Böschungsbrandes« oder wegen einer »Zigeunerfamilie im Gleisbett«, wie die Durchsagen dann gerne lauten, mal wieder irgendwo in der Pampa herumsteht und man sich zu langweilen beginnt, weil man den gewichtsmäßig schweren, leider auch wieder von der »Konkurrenz« verfassten, fetten Bestseller schon fertig gelesen und *absichtlich* im Speisewaggon (und nicht nur dort!) vergessen hat. Wage einer zu behaupten, Erzählungen, gute wohlgemerkt, seien nicht die Resultate aufwendiger, zeitraubender Reduktionsprozesse; dass so wenig übrig bleibt, setzt ja viel Geschriebenes und erneut und nochmals Umgeschriebenes und schließlich heroisch Gestrichenes voraus.

Es mag zutreffen, dass ich die Erzählung, die nach meinen Kriterien so lang wie *nötig* und so kurz wie *möglich* sein sollte, als literarische Form bloß favorisiere, weil ich das Schreiben, das mir von allem Anfang an schwerfiel, noch immer nicht mit Lust oder gar Liebe betreibe. Ich weiß nicht, ob mich je ein Stoff aus dem Bett und an den Schreibtisch zerren wird, der groß, brisant und herausfordernd genug wäre, um meinen Widerstand zu brechen, meine Scheu zu bezwingen und mir mehr als zweihundertfünfzig Seiten abzuverlangen.

Doch bevor ich mein – sicher befremdliches – Gerede zur Poetik der linkshändigen Autorin Katja Lange-Müller vorerst beende, erzähle ich Ihnen noch diese knappe, aber, wie ich hoffe, beweishaltige, in keiner anderen Zeitform als der des Präteritums *tragische* Geschichte:

Es ist ein paar Jahre her, da kamen zur Lesung eines deutschen Autors, der in einem österreichischen Städtchen an der Grenze zur Schweiz seine gerade erschienenen Erzählungen vorstellte, vier Männer, die sich dann, beim allfälligen Signieren, als Schnapsbrenner zu erkennen gaben und den Autor sehr höflich fragten, ob er sie nicht morgen besuchen und ihnen dort, in ihrer Manufaktur, selbstverständlich gegen ein handfestes Honorar nebst hochprozentigem Trinkgeld, nochmals einige seiner Erzählungen vortragen könne, denn er sei einer jener Schriftsteller, die zu schätzen sie gelernt hätten, und die Gelegenheit, ihn nicht nur *gedruckt,* sondern *leibhaftig* dazuhaben, ergebe sich sicher so bald nicht wieder.

Als der Autor nach dem Grund für diesen doch etwas ungewöhnlichen Wunsch fragte, erklärte ihm der älteste der vier Schnapsbrenner: ihre Arbeit sei einerseits recht eintönig und erfordere andererseits die größte Aufmerksamkeit. Doch weil sie das Radiohören mittlerweile fad fänden, obwohl sie dabei die Augen, die ja unablässig die Kupferkessel beobachten müssten, frei hätten, seien sie aufs Lesen, genauer aufs Vorlesen gekommen, was konkret bedeute, dass derjenige von ihnen, den sie allmorgendlich per Losentscheid ermittelten, den anderen dreien bis zum Feierabend aus einem gemeinsam erwählten Buch vorlesen müsse. Im Laufe der Zeit hätten sie einen besonderen Hang zu Erzählungen entwickelt, weil die im Reich der Prosa die reinsten Destillate seien, also dem feinen Obstgeist vergleichbar, den herzustellen sie sich Tag um Tag bemühten, was wiederum ihre angemaßte Kompetenz rechtfertige und auch ihre Bitte.

Der Schriftsteller nahm die Einladung der Schnapsbrenner an; nur hatte er ihnen dummerweise verschwiegen, dass er ein trockener Alkoholiker *war.*

Ja, meine lieben Zuhörer, Schnapsbrenner, Schnapstrinker und Schnapsverächter, diese wahre und sogar ungefähr wirklichkeitsgetreue Geschichte, die einst einem großen, vor einiger Zeit und wohl auch infolge dieser Geschichte verstorbenen Dichter zustieß, fordert nun wirklich das Präteritum, das deren Schluss so artistisch überzeugend in der Schwebe hält, wie es eben nur das Präteritum vermag.

Lassen Sie mich zusammenfassen, was ich Ihnen am letzten Dienstag und in der Fortsetzung heute mitteilen wollte, und gestatten Sie, dass ich mir und Ihnen zuvor noch eine rhetorische Frage stelle: Warum habe ich, speziell während der ersten Vorlesung, von meiner ausgeprägten Linkshändigkeit gesprochen? Weil ich kundtun wollte, dass ich es als Kind nicht leicht hatte? Nein. Denn erstens war diese Linkshändigkeit nicht das ärgste meiner Probleme, eher »Kummer sein Kleinster«, wie meine Oma es ausgedrückt hätte. Zweitens: Wer hat keine Probleme, wenn er noch klein ist – und meistens innerlich klein bleibt, auch als sogenannter Erwachsener? Nein und nochmals nein, ich wollte nicht Ihr Mitgefühl wecken, sondern Ihnen und mir etwas viel Wichtigeres klarmachen: Ja, ich litt unter meiner Falschhändigkeit, unter der Mühsal, die mir das Rechtsschreiben und somit auch das Rechtschreiben bereitete. Ich litt unter der Legasthenie, die der fürs »richtig« Schreiben nötige Umbau meines linksgepolten Gehirns ausgelöst hatte. Und ja, selbst das Lesen, das ich liebte und – der Legasthenie zum Trotz – schon früh fast mühelos beherrschte, erinnerte und erinnert mich daran, wie schwer mir das Schreiben fiel und immer noch fällt, obwohl ich später mehrmals Anstrengungen unternahm, zurückzukehren zum Schreiben mit der *rechten* Hand, die bei mir eben doch die linke war, ist und bleibt, bis ich Stift und Löffel eines Tages für immer weglege. Es konnte nicht klappen, denn es wäre keine *Rückkehr* gewesen. Ich hätte, da ich bereits schrieb wie ich, rein händisch gesehen, nun schrieb, das Schreiben ganz neu lernen müssen, diesmal mit links. So mancher Mensch – ich bin ja nicht der einzige Linkshänder auf der Welt, der zwangsumgeschult wurde, nicht einmal der einzige zwangsumgeschulte Schriftsteller – reagiert in seiner Not anders, als ich es tat. Denkbar und nicht minder realistisch ist es doch, dass jemand mit derartigen Schwierigkeiten das Schreiben eher meidet oder sogar ganz verweigert. Ich möchte nicht wissen, wie viele Linkshänder zum Heer der »funktionalen Analphabeten« gehören. Auch ich stand, zumal ich ja keine Kinderschreibmaschine hatte und es noch keine Personal Computer gab, an diesem Scheideweg, der sich nur in zwei Richtungen gabelte; die eine hieß: Seinlassen! Schreiben frustriert eh bloß. Die andere: Jetzt erst recht (oder eher link). Ich will schreiben, egal wie! Ich nehme die Herausforderung an.

Warum habe ich mich für die zweite Richtung entschieden, dafür, gegen allen Widerstand eben doch zu schreiben, und sei es rechtshändig? Ganz ehrlich, ich weiß es nicht. Eigentlich war ich, wie mein Initiationserlebnis mit Melvilles Bartleby beweist, ansonsten mehr ein Fan der Verweigerung. »Ich möchte lieber nicht«, *das* war mein Motto in fast jeder Lebenslage. Wenn es ums Schreiben ging, mochte ich aber doch. Rührte das von meiner Lust zu lesen her oder von der Tatsache, dass ich als verstockt galt und von Natur aus ja wirklich eher wortkarg und zurückhaltend war und bin. Ich redete und rede nicht gern, ich schrieb und schreibe nicht gern und wurde dennoch eine Schriftstellerin. Und nein, falls Sie das vermuten sollten, ich war und bin nicht besonders willensstark, eher schwach und bequem – und ich verfüge über eine ausgeprägte Suchtstruktur. Ich will Sie keinesfalls nötigen, sich mit meiner komplizierten Psyche auseinander- oder gar zusammenzusetzen, sondern lediglich betonen, dass es, wenn die Umstände meiner Schreibsozialisation nur noch etwas widriger gewesen wären, auch zur totalen Blockade hätte kommen können. Daran denke ich jeden Tag. Und jeden Tag frage ich mich auch, ob es nicht gerade unter all den Analphabeten dort draußen womöglich jede Menge begabter Schriftsteller gibt, die vielleicht gar nicht erst scheiben lernen durften oder die sich, aus Angst zu versagen, für den zweiten Weggabelzinken entschieden haben. Und jeden Tag weiß ich: Wiewohl es längst mein Beruf ist, macht mir das Schreiben Mühe, ist Schreiben nichts, woran ich Spaß habe. Ja, ich frage mich sogar, ob Schreiben überhaupt Spaß machen *darf,* ich meine, ob es den Schreibenden Spaß machen darf; denn wenn das *Le-*

sen so gar keinen Spaß macht, ist eh alles verloren. Ich glaube oder rede mir ein, dass ich, wenn ich nicht wegen Widerborstigkeit und frecher politischer Äußerungen von der Schule geflogen wäre, viel lieber Biologie studiert hätte oder Malerei; zeichnen kann ich nämlich ganz gut und tu es noch immer gern und natürlich mit links.

Warum ich trotzdem schreibe? Nicht einmal das weiß ich, nur an die Anfänge erinnere ich mich, und die waren quasi autotherapeutisch; und mehr muss ich zu »Das Problem als Katalysator«, dem Oberübertitel für diese Vorlesungen, wohl nicht sagen, jedenfalls nicht in Bezug auf meine Person.

Nun sind Probleme ja generell gar nicht so übel, wenn sie katalytisch wirken; dazu fällt mir, wie Sie noch hören werden, einiges ein – und Ihnen sicher ebenso – jetzt oder später. Aber weil Probleme mitunter auch tödlich sein können und weil Beobachtung, selbst eine zufällige, einem dafür anfälligen Schriftsteller gelegentlich kurze und gerade darum oftmals nachhaltige Texte entlocken und weil (Bio-)Logisches und völlig Widersinniges, etwa kalte Wahrnehmung und Empathie, hier in eins fallen, möchte ich dieses Kapitel mit einer kleinen Erzählung von Robert Musil beenden, die sich in dessen *Nachlass zu Lebzeiten* findet, unter der Zwischenüberschrift »Bilder«:

Das Fliegenpapier

Das Fliegenpapier Tangle-foot ist ungefähr sechsunddreißig Zentimeter lang und einundzwanzig Zentimeter breit; es ist mit einem gelben, vergifteten Leim bestrichen und kommt aus Kanada. Wenn sich eine Fliege darauf niederläßt – nicht besonders gierig, mehr aus Konvention, weil schon so viele andere da sind – klebt sie zuerst nur mit den äußersten, umgebogenen Gliedern aller ihrer Beinchen fest. Eine ganz leise, befremdliche Empfindung, wie wenn wir im Dunkel gingen und mit nackten Sohlen auf etwas träten, das noch nichts ist als ein weicher, warmer, unübersichtlicher Widerstand und schon etwas, in das allmählich das grauenhaft Menschliche hineinflutet, das Erkanntwerden als eine Hand, die da irgendwie liegt und uns mit fünf immer deutlicher werdenden Fingern festhält.

Dann stehen sie alle forciert aufrecht, wie Tabiker, die sich nichts anmerken lassen wollen, oder wie klapprige alte Militärs (und ein wenig o-beinig, wie wenn man auf einem scharfen Grat steht). Sie geben sich Haltung und sammeln Kraft und Überlegung. Nach wenigen Sekunden sind sie entschlossen und beginnen, was sie vermögen, zu schwirren und sich abzuheben. Sie führen diese wütende Handlung so lange durch, bis die Erschöpfung sie zum Einhalten zwingt. Es folgt eine Atempause und ein neuer Versuch. Aber die Intervalle werden immer länger. Sie stehen da, und ich fühle, wie ratlos sie sind. Von unten steigen verwirrende Dünste auf. Wie ein kleiner Hammer tastet ihre Zunge heraus. Ihr Kopf ist braun und haarig, wie aus einer Kokosnuß gemacht; wie menschenähnliche Negeridole. Sie biegen sich vor und zurück auf ihren festgeschlungenen Beinchen, beugen sich in den Knien und stemmen sich empor, wie Menschen es machen, die auf alle Weise versuchen, eine zu schwere Last zu bewegen; tragischer als Arbeiter es tun, wahrer im sportlichen Ausdruck der äußersten Anstrengung als Laokoon. Und dann kommt der immer gleich seltsame Augenblick, wo das Bedürfnis einer gegenwärtigen Sekunde über alle mächtigen Dauergefühle des Daseins siegt. Es ist der Augenblick, wo ein Kletterer wegen des Schmerzes in den Fingern freiwillig den Griff der Hand öffnet, wo ein Verirrter im Schnee sich hinlegt wie ein Kind, wo ein Verfolgter mit brennenden Flanken stehen bleibt. Sie halten sich nicht mehr mit aller Kraft ab von unten, sie sinken ein wenig ein und sind in diesem Augenblick ganz menschlich. Sofort werden sie an einer neuen Stelle gefaßt, höher oben am Bein oder hinten am Leib oder am Ende eines Flügels.

Wenn sie die seelische Erschöpfung überwunden haben und nach einer kleinen Weile den Kampf um ihr Leben wieder aufnehmen, sind sie bereits in einer ungünstigen Lage fixiert, und ihre Bewegungen werden unnatürlich. Dann liegen sie mit gestreckten Hinterbeinen auf den Ellbogen gestemmt und suchen sich zu heben. Oder sie sitzen auf der Erde, aufgebäumt, mit ausgestreckten Armen, wie Frauen, die vergeblich ihre Hände aus den Fäusten eines Mannes winden wollen. Oder sie liegen auf dem Bauch, mit Kopf und Armen voraus, wie im Lauf gefallen, und halten nur noch das Gesicht hoch. Immer aber ist der Feind bloß passiv und gewinnt bloß von ihren verzweifelten, verwirrten Augenblicken. Ein

Nichts, ein Es zieht sie hinein. So langsam, daß man dem kaum zu folgen vermag, und meist mit einer jähen Beschleunigung am Ende, wenn der letzte innere Zusammenbruch über sie kommt. Sie lassen sich dann plötzlich fallen, nach vorne aufs Gesicht, über die Beine weg; oder seitlich, alle Beine von sich gestreckt; oft auch auf die Seite, mit den Beinen rückwärts rudernd. So liegen sie da. Wie gestürzte Aeroplane, die mit einem Flügel in die Luft ragen. Oder wie krepierte Pferde. Oder mit unendlichen Gebärden der Verzweiflung. Oder wie Schläfer. Noch am nächsten Tag wacht manchmal eine auf, tastet eine Weile mit einem Bein oder schwirrt mit dem Flügel. Manchmal geht solch eine Bewegung über das ganze Feld, dann sinken sie alle noch ein wenig tiefer in ihren Tod. Und nur an der Seite des Leibs, in der Gegend des Beinansatzes, haben sie irgendein ganz kleines, flimmerndes Organ, das lebt noch lange. Es geht auf und zu, man kann es ohne Vergrößerungsglas nicht bezeichnen, es sieht wie ein winziges Menschenauge aus, das sich unaufhörlich öffnet und schließt.[1]

Und nun, noch während meiner zweiten Vorlesung, beginne ich mit der dritten, denn so genau und immer auf eine Stunde, lässt sich das nicht auspendeln.

Geschätzte Anwesende, von all den Literaturpreisen, die ich bislang bekam, ist der »Kasseler Literaturpreis für

---

1 Robert Musil, »Prosa und Stücke – Kleine Prosa – Aphorismen – Autobiographisches – Essays und Reden – Kritik«, Reinbek, 1978, S. 476 f.

grotesken Humor« vielleicht nicht der wichtigste, aber doch einer, über den ich mich besonders gefreut habe. Ein gewisses Talent für Komik wird mir ja nachgesagt – und das zumindest lasse ich mir gerne gefallen. Doch was ist *grotesker* Humor? Was ist komisch? Und was haben Humor, Komik, Ironie in der Literatur verloren – und zu suchen? Gehören die nicht eigentlich ins Cabaret, auf die Brettl-Bühne, in die Comedy-Shows, die gerade hierzulande hohe Einschaltquoten erzielen und sämtliche Fernsehkanäle fast ebenso inflationär bevölkern wie Krimis?

Die Antwort, wenigstens die erste, die mir dazu einfällt, klingt einfach: Komik ist, bei Licht und von hinten betrachtet, gar nicht komisch. Nichts, was nicht dem Wesen nach tragisch ist, hat das Zeug zum Komischen. Denn das Komische ist ja nichts anderes als die Rückseite – oder eben die Vorderseite – des Tragischen, des Entsetzlichen, des Finsteren, selbst des Bösen. Genau genommen ist das Komische in Wahrheit kaum weniger tragisch als das Tragische – und oft ebenso entsetzlich und manchmal böse. Schwäche, üble Erfahrungen, die Außenseiterposition, der Hang zum Mobbingopfer sind beste Voraussetzungen dafür, dass ein überlebenswilliger Mensch, der nicht vollkommen doof ist, also »genug Schaum in der Waffel hat«, wie der Berliner sagt, ein und sogar sein (ureigenes) komisches Talent entwickelt.

Wie hilft sich ein zarter Dünner oder ein kleiner Dicker, dem ein – womöglich auch noch von einer Meute

Claqueure flankierter – großer Kräftiger aufs Maul hauen will? Das Einzige, was ihn eventuell – und nur, wenn der Hüne nicht augenblicklich zuschlägt – retten kann, ist: Er muss ihn zum Lachen bringen, mit einer Fratze, einem Wort, egal wie! Wenn der Aggressor lacht, wird er sein potenzielles Opfer nicht mehr schlagen können, zumindest nicht sogleich oder nicht mehr ganz *im Ernst*, also weniger doll. Sobald der zarte Dünne und der kleine Dicke das kapiert haben, wissen sie: Komik rettet, Komik kann Finsterbacken aufhalten, womöglich gar für einen Moment umdrehen, denn so ziemlich jeder Mensch, auch ein Jähzorniger, lacht gerne. In einem Satz: Humor, Komik, Ironie, Sarkasmus … sind Notwehr! Und sie kommen aus den Abgründen des Plebejischen, wo ja nun ohne existenzielle Intelligenz gar nichts geht, außer Gewalt. Und der viel seltenere intellektuelle Humor, der mitunter ans Zynische grenzt – oder auch nur blanker Zynismus ist –, mag sich subtiler, geschmackvoller, feinsinniger geben, plebejische Wurzeln hat er dennoch. Bemerkenswert und bedenklich finde ich, dass religiöse Komik quasi inexistent zu sein scheint. Da frage ich mich doch: Kann etwas weitgehend Humorloses intelligent sein? Oder ist es dann meistens »heiliger Ernst«, also irgendwie religiös? Ist Komik, wie manchmal behauptet wird, eine Waffe? Wenn ja, dann die des Konterboxers. Aber zweifelsfrei ist Komik *das* Ventil der Schwachen und Machtlosen, der Skeptiker und Pessimisten, ein Überlebensmittel für Menschen, die in Diktaturen leben oder in sonstigen desolaten und quälenden Verhältnissen. Diese Menschen wollen wenigstens einen Teil ihrer Tränen nicht weinen, sondern lachen. Und dass all dies auch Thema *von* und Mittel *der* Literatur ist, das versteht sich nun wirklich von selbst.

Friedrich Hölderlin:

Die Scherzhaften

Immer spielt ihr und scherzt? ihr müßt! o Freunde!
mir geht dies
In die Seele, denn dies müssen Verzweifelte nur.[1]

Natürlich hat unser Gelächter die unterschiedlichsten Gründe. Ein Mensch, der lacht, kann das aus Verlegenheit tun oder aus Arroganz, glücklich oder hämisch, zustimmend oder ablehnend, freundlich oder grimmig, gutmütig oder grausam, wie auch immer. Auf jeden Fall zeigt er dabei seine Zähne, wenn er noch welche hat, egal, ob die echt oder falsch sind und ob sein Lachen echt oder falsch ist oder beides. Fjodor Dostojewski, ein großer Moralist, dessen Blick nun wirklich kaum einmal durch die Brille der Ironie auf unsere Spezies herniederfällt, widmet dem Lachen in seinem Roman »Der Jüngling« einen, wie er es nennt, »langen Erguss«, der mich verstört und den ich sehr russisch und ziemlich begrenzt, wenn nicht gar beschränkt finde.

1 Friedrich Hölderlin, Gesammelte Werke, herausgegeben von Bernt von Heiseler, Gütersloh, 1954, S. 181

Die Mehrzahl der Menschen versteht überhaupt nicht zu lachen. Zu verstehen ist übrigens dabei nichts: das ist kein Talent, das man sich selbst verschaffen kann. (...) Durch sein Lachen verrät sich gar mancher vollständig, und man durchschaut auf einmal sein ganzes verborgenes Inneres. Sogar ein unstreitig kluges Lachen wirkt mitunter abstoßend. Das erste Erfordernis beim Lachen ist Aufrichtigkeit, aber wo findet man die bei den Menschen? Ein zweites Erfordernis beim Lachen ist Gutherzigkeit, aber die Menschen lachen meist in boshafter Weise. Ein aufrichtiges, gutherziges Lachen, das ist Heiterkeit; aber wo findet man bei den Menschen in unserem Zeitalter noch Heiterkeit? (...) Die Heiterkeit eines Menschen, das ist derjenige Charakterzug, der das ganze Wesen des Betreffenden am deutlichsten verrät. Aus manchem Charakter wird man lange Zeit nicht klug, aber da braucht dieser Mensch nur einmal zu lachen, und sein ganzer Charakter liegt plötzlich offen da wie auf der flachen Hand. Und nur ein Mensch von höchster und glücklichster Entwicklung versteht es, seine Heiterkeit anderen mitzuteilen – mittels seiner unwiderstehlichen Gutherzigkeit. Ich rede nicht von seiner Verstandesentwicklung, sondern von seinem Charakter, vom gesamten Wesen des Menschen. Wenn man also jemanden durchschauen und dessen Seele erkennen will, so muss man sein Augenmerk nicht darauf richten, wie er schweigt, oder wie er redet, oder wie er weint, selbst nicht darauf, wie er sich für die edelsten Ideen begeistert, sondern man beobachte ihn lieber, wenn er lacht.

> (...) Man achte dabei auch auf Nuancen: so zum Beispiel darf das Lachen eines Menschen in keinem Falle dumm erscheinen, mag es auch noch so heiter und gutherzig sein. Bemerkt man auch nur die geringste Spur von Dummheit in jemandes Lachen, so ist derjenige unzweifelhaft beschränkt. Ja, auch wenn sein Lachen nicht dumm ist, er dir aber, während er lacht, aus irgendeinem Grunde lächerlich vorkommt, und wäre es auch nur ein ganz klein wenig, so wisse, dass dieser Mensch keine rechte Würde besitzt (...) oder sich nach der schlechten Seite hin verändert hat. [1]

Ein Beispiel zum Thema *Komik und Notwehr*, das so gut passt, als sei diese Sieben-Seiten-Erzählung geschrieben worden, um mir das beste Argumentationsmaterial zuzuspielen, möchte ich Ihnen nun aber auch noch vorlesen. Ich entdeckte diese Geschichte, als ich im November 2014 Gast-Jujorin für den Walter-Serner-Preis war, den das kulturradio vom rbb und das Berliner Literaturhaus jedes Jahr vergeben. Der Autor, Ralf C. Grewe, ist in Duisburg-Rheinhausen geboren, also einer aus dem »Pott«, und von Beruf mitnichten Lehrer, sondern Kunst- und Antiquitätenhändler, und nicht mehr blutjung. Dennoch hatte er sich zum ersten Mal beteiligt an diesem ausschließlich Erzählungen vorbehaltenen Wettbewerb, ja überhaupt an einem literarischen Wett-

---

1 Fjodor Dostojewski, »Der Jüngling«, Roman, aus dem Russischen von Hermann Röhl, Dritter Teil, Frankfurt a. M., 1997, S. 501 ff.

bewerb. Ich weiß aber, dass er schon einiges geschrieben hat und dass seine Erzählung »Tumorem superavi«, mit der er völlig zu Recht die anderen etwa siebenhundert Teilnehmer aus dem Rennen warf, in dem Sonderheft »Deutsch – Kurzgeschichten von heute« veröffentlicht wurde. Ich werde Ralf C. Grewe im Auge behalten und ihm nach Kräften helfen, einen Verlag zu finden. Doch nun die Erzählung:

Tumorem superavi[1]

Jetzt ist auf Droste-Hülshoff was passiert, das glaubst du nicht. Der lange, dünne Heiner aus unserer Klasse, also Zehn B, der mit den fettigen Haaren, hat einen Tumor im Kopf.

Der Heiner sagt, operieren kann man den Tumor nicht. Der wäre schon zu groß. Hätten ihm die Ärzte gesagt. Tue ihnen wahnsinnig leid, aber Entfernen ist nicht mehr. Nun muss der Heiner sterben. Also nicht jetzt, nicht sofort. Aber in einem Jahr oder so. Genau weiß das keiner. So weit, sagen die Ärzte der Charité, so weit ist die Wissenschaft leider nicht, dass sie das genau weiß.

Erzählt uns der Heiner am Dienstag nach den Ferien in der Umkleide vom Bootshaus. Direkt nach unserem Ruderkurs RU Anf II. Vor dir sackt die Abendsonne in die Spree, hinter dir sagt der Heiner: inoperabler Hirntumor, Anaplastisches Medulloblastom, Finis vitae. Der-

---

1 Ralf C. Grewe, Copyright liegt beim Autor

zeit intraoperative Strahlentherapie, sagt er noch. Um das Wachstum abzubremsen und damit der Tumor ans Metastasieren gar nicht erst denkt. Und nicht streut irgendwie. Dann wär es gleich zu Ende, sagt er. Also, wenn der streuen würde. Dann ginge das ratzfatz. Erste Chemo hatte er schon. Die halben Ferien gekotzt, Haarausfall Gott sei Dank zero. Immerhin, sagt er. Jetzt natürlich gedrückt, die Stimmung in der Umkleide.

Zuerst konnten wir das alle kaum glauben. Ausgerechnet der lange, dünne Heiner! Immer zweite, eigentlich dritte, also letzte Reihe. Rankingmäßig.

Da denkst du natürlich an seinen ersten Tag bei uns. Vor vier Jahren. Er aufgestellt in der Mitte des Klassenraums. Windjacke beige, Breitcordhose beige und blank geputzte Lederschuhe. Die Augen in Deckung. Vielleicht innerer Reichtum, dachten wir, gibt's ja schon mal, denn von außen war nichts zu sehen. Wir einmal um ihn rumgelaufen, wie Viehhändler auf einer Kälberauktion. Ma ankieken, wa!

Wir: »Wo kommste denn her?«

Er: »Aus Lemgo, bei Bielefeld.«

Wir: »Wo liegt'n dett? ... Bielefeld.«

Er (ganz leise): »In Nordrhein-Westfalen.«

Wir: »Sag bloß!«

Bekam der Heiner sein Brandzeichen. Saß von dieser Stunde an allein in der ersten Bank. Und so blieb das all die Jahre. Berlin ist nicht für jeden gut. Und nicht gut zu allen.

Auch wenn Politiker das sagen, und Schauspieler, und die Tourismuswerbung sowieso. Aber stimmen muss es deswegen nicht. Kommst du aus Taipeh oder aus Seattle oder meinetwegen aus Kopenhagen, dann bitte. Dann Stadt für alle. Aber kommst du aus Lemgo bei Bielefeld, trägst Klamotten wie ein Zeuge Jehovas und wirst du rot, wenn man dich nur anspricht – dann ist Berlin für dich eine ganz harte Nummer. Dann solltest du zäh sein. Und schlau. Sonst geht das schief, mit dir und Berlin.

Eine Leidenschaft für Mikroskope und kleinformatige Tiere mit Chitinpanzer hilft jedenfalls nicht. Eine Violine und Franz Joseph Haydn helfen nicht, nicht mal gemeinsam. Eine in Stein gehauene Eins in Bio, dito Chemie, hauen dich auch nicht raus. Du bleibst allein – in der ersten Bank. Soll heißen: Der Heiner gehörte nie dazu. Zum Inner Circle schon überhaupt nicht. Blieb ein Alleinsegler. Der Androide an Bord. Eben der lange, dünne Heiner.

Doch nun Hirntumor! Damit liegt er jetzt irgendwie weit vorn. Alleinstellungsmerkmalmäßig.

Als vor ein paar Jahren bei uns in Berlin S-Bahn-Surfen Mode war, also das Außenmitfahren, hatten Roofrider die beste Presse. Weil, Roofrider dachten: Festhalten wozu? Weil, Roofrider die wahren S-Bahn-Surfer. Verlierst du den Halt, haut dich die Bahn weg wie einen Pingpongball. Überlebenschance: schlecht. Also null. Also, es gibt keine.

Nach dem 40. Toten regte sich die Frau Doktor K., also

die Kraushaar, Latein und Geschichte, tierisch auf. Wir Jungens wären alle von der eigenen Unsterblichlichkeit überzeugt, sagte sie. Und von Gott zur Stärkung dieses Irrglaubens mit Muskeln, elastischen Sehnen und einer wahnwitzigen Portion Übermut ausgestattet. Was wir, im Besonderen die S-Bahn-Surfer, übersehen würden: Nur wenn Gott einen generösen Tag hätte, werfe der auch eine Handvoll Glück dazu. Nur eine Handvoll! Und nur, wenn gerade generöser Tag. Hat sie schön gesagt, die Frau Doktor. Kühne Rede! In der Klasse breitete sich Einsicht aus.

Sie lächelte den Heiner an und sagte: »Mein lieber Heiner. Um dich muss ich mir da ja keine Sorgen machen. Du bist anders.«

Wahrscheinlich hat sie das nett gemeint, die Frau Doktor, und sie lag ja auch nicht falsch. In der Sache. Weil, der Heiner kein S-Bahn-Surfer. Trotzdem, schön war das nicht, was sie da gesagt hat. Auch ein wenig unbedacht, irgendwie. Der Heiner jedenfalls – erstarrt. Nahm die ganze Stunde seinen Blick nicht mehr von der Maserung der Tischplatte. Wie festgeklebt, sein Blick.

Mal ganz offen gesprochen, unter uns: Bei der Vergabe von Muskeln und Sehnen stand der Heiner überhaupt nicht in der Schlange. Als gerade der Übermut ausgeteilt wurde, drückte der seine Froschaugen in das Okular seines Dissektionsmikroskops und guckte tief in den aufgebrochenen Leichnam einer Fruchtfliege. Blind und taub für die Welt.

Trotzdem, wir alle geschockt, weil sterben ... das ist krass. Das hast du doch normal gar nicht auf dem Zettel. Mit sechzehn, mein' ich. Gestorben wird in Battlefield am PC, shootermäßig. Für den Heiner: Scheißsituation. Wir kümmern uns jetzt.

»Was geht ab, Heiner?« fragen wir, wenn er mal wieder in eine Starre verfällt. Um ihn da rauszuholen, aus der Starre. Samstags nehmen wir ihn in unsere alkoholisierte Mitte, fahren mit der S3 zum Heimspiel von Union. Raus nach Köpenick. Haben wir früher natürlich nie gemacht, den Heiner mitgenommen, mein ich. Aber nein sagen, das kannst du jetzt nicht mehr. Und du willst es auch nicht mehr. Komm Heiner, sagen wir, jetzt geht es mal ins Leben. Der kennt das ja alles nicht! Für den ist ein Spiel von Union so abenteuerlich wie für dich ein Triplekonzert von Eminem, Jaj-Z und Snoop Dogg im New Yorker Yankeestadion. Von der Ehrenloge aus. Mindestens.

Und das glaubst du nicht, jetzt kannst du ihn am Donnerstag, freitags sowieso, bei Oma Kampmann auf einem Barhocker hängen sehen. In unserer Kneipe! Vor ihm ein bitteres Tschechisches. Manchmal werden es auch zwei. Oder drei. Weil, meint der Heiner, Pils trinken kannst du auch mit Gehirntumor. Der ist dabei überhaupt nicht hinderlich, der Tumor.

Und nach Pils Nummer vier wird er unerwartet redselig und doziert: Das anaplastische Medulloblastom bekämen fast ausschließlich Kleinkinder. Was nicht bedeute, dass er den Tumor lieber als Kleinkind schon gehabt hätte. Weil, dann gäbe es ihn längst nicht mehr. Er gehöre zu den wenigen, die den später gekriegt hätten. Eine Art Methusalem sei er. Ein Glückspilz – sähe man die Sache genau an. Und dabei sieht der Heiner so elend aus, da musst du schon mal schlucken. Der Heiner und galliger Humor, war so auch nicht vorhersehbar.

Drei Minuten später sind wir wieder bei einem anderen Thema, bei Seeeds Musik – der Heiner, früher Haydn und Mendelssohn, jetzt Seeed – oder den Abstiegssorgen von Union oder bei der Frau Doktor K. als solcher. Oder gehen vor die Tür und rauchen einen Joint. Mit dem Heiner! So, als wär' das ganz normal. Irgendwie.

Die gesammelten Scheine für Heiners Puffbesuch sind an die Geber zurückgegangen. Weil der Heiner: »Gut gemeint Jungs, aber nein danke.« Was könntest du sonst für ihn tun? Mal ehrlich. Du kannst gar nichts tun. Mit einem Blastom kannst du es nicht aufnehmen. So ein Ding ist dir einfach über.

Erst jetzt, du musst dir das mal vorstellen, hat das mit dem Krebs der Thaler rausgekriegt, unser PB-Lehrer, also Politische Bildung. Der auch unser Tutor ist. An dem guten Thaler ist die ganze Geschichte vorbeigelaufen. Kein Wunder, wir hatten mit dem Heiner vereinbart, die Sache nicht an die große Glocke zu hängen. Also Stillschweigen. Damit er sich nicht überall erklären muss. Damit er nicht in der Aula Referate über das Leben mit Gehirntumor halten muss. Damit er von den Siebtklässlern auf dem Schulhof nicht bestaunt wird wie ein Untoter. Und gemobbt.

Also, der Thaler wusste noch nichts davon! Sagt immer, er ist für jeden zu sprechen. Jeder kann jederzeit zu ihm kommen. Egal was ist. Egal was man hat. So einer ist der Thaler. Und dem nun so was. War der natürlich entsetzt. Niedergeschlagen war der, dass ihm keiner was gesagt hat. Dass ihn keiner frühzeitig eingeweiht hat. Passt nicht in sein Selbstbild. Nimm als Stichwort hier mal Helfersyndrom.

Hat im Pausenraum richtig, richtig lang mit dem Heiner gesprochen, der Thaler. Was er tun kann und so. Oder was die Schule tun kann. Aber mal ehrlich jetzt, was soll die Schule tun, wenn schon die Ärzte nichts tun können. Hätte fast geheult, der Thaler, konnten wir draußen vom Gang aus sehen, wie der zu kämpfen hatte.

Später musste sich der Thaler für diesen Tag vom Schuldienst abmelden. Schlecht ist ihm geworden. Wegen dem Krebs vom Heiner, und wegen seiner eigenen Empfindlichkeit. Feiner Mensch, der Thaler, aber halt wahnsinnig sensibel. Er also nach Hause, Zimmer abgedunkelt, auf die Couch, Kühlpad auf die Stirn, Valium in den Blutkreislauf – so macht der das immer. In einer Scheißsituation. Ist schulbekannt

Am nächsten Morgen der Thaler erstmal zum Dr. Albrecht, unserem Direx. Wir sagen OKW. Das Standardwerk Psychoedukation mit Krebspatienten: Therapiemanual für eine strukturierte Gruppenintervention von Prof. Dr. phil. Dipl. Psych. Joachim Weis schon unterm

Arm. In solchen Dingen ist der Thaler ein ganz Fixer. Du kannst dir schon denken, der Direx, der wusste auch noch nichts. Waren die natürlich nun erstmal beide entsetzt, also der Thaler und der Albrecht: ein Krebskranker auf ihrer Schule. Der bald sterben muss. Hatten die noch nicht gehabt. Kannten die sich beide nicht mit aus. Also Erfahrungswissen: null. Und keiner sagt ihnen was!

Dachten die sich: als ersten Schritt in unbekanntem Gelände Heiners Eltern einladen. Zu einem Gespräch. Denn die Eltern, das sind in einem solchen Fall doch Verbündete, irgendwie. Von wegen, wie das genau weitergehen soll und auf was man da achten muss. Vielleicht muss auch mal ein Schulpsychologe ran. Kann man ja nicht wissen. Weil irgendwie sind ja alle betroffen, also die ganze Klasse und so. Eigentlich die ganze Schule, genau besehen. Der Direx und der Thaler, die wollten jetzt auf keinen Fall was falsch machen. Die wollten wenigstens in einer Scheißsituation wie dieser mal richtig gute Lehrer sein. Gewissermaßen kompetent. Da kannst du ruhig mal sagen: Hut ab, das sind mal Lehrer.

Und jetzt pass mal auf. Die Eltern vom Heiner wussten auch nichts von dem Tumor!

»Das würden wir als Eltern ja wohl wissen, wenn der Junge einen Gehirntumor hätte, Herr Direktor Albrecht«, soll Heiners Vater gesagt haben. »Also wirklich jetzt. Kerngesund ist der Junge. Bisschen dünn vielleicht. Bisschen lang auch, weil er doch nochmal so geschossen ist in den letzten anderthalb Jahren. Aber kerngesund!«

Waren die natürlich nun alle entsetzt. Also der Thaler, der Albrecht und die Eltern. Wobei, der Thaler und der Albrecht, die waren ja eigentlich erstmal erleichtert, weil nun kein Todkranker an der Schule. Aber aus Solidarität mit den Eltern vom Heiner auch ganz entschieden entsetzt. Geht ja gar nicht anders, in so einer Scheißsituation. Und haben sich gefragt, alle vier gemeinsam, warum um Gottes willen er sowas erzählt. Eine Antwort haben sie natürlich nicht gefunden. Wie auch? Vielleicht mal den Heiner fragen!

»Da stehen wir aber jetzt schön da«, hat die Mutter gesagt, als sie aus dem Konferenzzimmer raus sind. Rein in den alten Astra, nach Hause und den Heiner greifen, das war gefühlt eine Körperbewegung. Für die Mutter. Weil, der gefrustete Vater, kaum zu Haus, abgedriftet ist in Richtung Fernsehsessel und Alkoholmissbrauch. Am frühen Nachmittag. Väter sind ja oft die schwächsten Glieder in der familiären Kette.

Also, seine Mutter hat zum Heiner gesagt, jedenfalls so ungefähr, schließlich, ich war nicht dabei: »Warum erzählst du denn sowas? Was ist denn nur mit dir los, Junge?«

Der Heiner wohl rumgedruckst und gesagt, er wisse es auch nicht.

Sie: »Was hast du dir denn dabei gedacht?«

Er: »Wie soll ich das wissen?«

Und sie: »Aber du musst doch wissen, was du dir dabei gedacht hast. Sowas weiß man doch.«

Er: »Ich nicht.«

Sie: »Heiner, man erzählt so etwas nicht ohne Grund. So einen Blödsinn. Du bist doch schließlich nicht krank.« Da denkst du doch, gewagter Satz.

Er: »…«

Sie: »Ich versteh dich nicht, Junge.«

Und er: »Mutti, du bist ja auch kein strategischer Kopf. Und auch kein Roofrider.«

Fast so leise hat er das gesagt wie vier Jahre zuvor »in Nordrhein-Westfalen«. Seine Mutter hat über diese Aussage nachgedacht, ist sich aber wohl nicht wirklich schlüssig geworden, ob da Beleidigendes mitschwingt.

Warum er nicht mit der Wahrheit rausgerückt wäre, als der Thaler mit ihm gesprochen habe, hat sie den Heiner gefragt. Er hätte doch wissen müssen, dass nun alles rauskommen, dass er mit dieser blöden Geschichte nicht mehr weiter durchkommen würde.

Er: »Um es noch ein paar Tage länger zu genießen.«

Und sie: »Wie jetzt, genießen?«

Aber der lange, dünne Heiner hat nun nicht mehr auf sie geachtet. Der Gehirntumor wär nämlich das Beste gewesen, was ihm jemals passiert wäre, hat er nun plötzlich richtig losgelegt. Und nie wäre er auf etwas so stolz gewesen wie auf seinen Gehirntumor. Sein Anaplastisches Medulloblastom. Das kriegten fast ausschließlich Kleinkinder, hat er betont. Er gehöre eben zu den wenigen, die das später gekriegt hätten. Ein Ausnahmeexemplar sei er. Ein Glückspilz – strenggenommen.

Und sie: »Aber du hast doch gar kein Anapilasti… keinen Gehirntumor.«

Hätte er schon vergessen gehabt, hat da der Heiner gesagt. Er hätte sich schon so an den Tumor gewöhnt.

»Und jetzt? Jetzt, wo alles raus ist. Wo nun alle alles wissen«, hat sie gefragt.

Das wäre natürlich eine Scheißsituation, ist ihr der Heiner scheinbar ein Stück entgegengekommen. Aber, komischer Zufall, gerade jetzt hätt' er linksseitig, hat er gesagt, linksseitig, wörtlich, so ein komisches Ziehen im Bauchbereich. Er hätte sich da schon eingelesen, hat er gesagt. Das wäre bestimmt ein kolorektales Karzinom. Versuchen kann man's ja mal, wird der Heiner wohl gedacht haben. Wenn er sich was gedacht hat.

Also du kannst drauf wetten, bei uns hat der Heiner natürlich völlig verschissen. Kneipe ist nicht mehr. Nicht mal auf ein Bier. Auch nicht mit gewaschenen Haaren. Nicht mal mit Darmkrebs. Obwohl, den hat er schnell als fixe Idee erkannt und nicht weiter darauf bestanden. Man muss auch loslassen können, soll er tatsächlich gesagt haben. Donnerstags hat er sowieso keine Zeit mehr, da muss er regelmäßig zum Psychologen: Weil, normal ist das alles nicht mit dem Heiner. Das sagen jetzt alle. Sogar der Thaler sagt das jetzt. Bei seiner letzten Therapiestunde hat der Therapeut allerdings vergeblich gewartet, weil, der Heiner stattdessen in ein Tattoostudio. Was er da wollte? Also, in einem Tattoostudio lässt du dir ein Tattoo stechen. Und genau das hat der Heiner getan. Mit Tätowiernadel und graphitschwarzer Farbe. Kein Bild, keine Arabesken, kein Brimborium. Nur zwei Worte. In einer Barock-Antiqua.

Und heute Morgen sitzt der Heiner wieder in seiner ersten Bank. Allein. Den Kopf so hoch erhoben, das glaubst du nicht. Und du liest in seinem Nacken wie in einer Zeitung. Wie eingestanzt steht da: Tumorem superavi. Also Latein. Die Übersetzung haben wir ohne Frau Doktor K. hingekriegt: Ich überlebte den Tumor.

Ach, es gibt so viele Texte, die als »Beweismittel« infrage kämen und die ich Ihnen vorlesen könnte, zumal diese Veranstaltungen hier ja prinzipiell »Vorlesungen« heißen. Doch für heute will ich es beim soeben Gehörten belassen – fast, denn eins kommt noch, ein Gedicht, mit dem ich mich schon auf das nächste Motiv meiner Vorlesungen, die Lotsenfische, zubewege. Dieses Gedicht ist von einem, dessen vielleicht größter Fan ich bin, Adolf Endler, der sich – kein Wunder bei *dem* Vornamen –, als er noch lebte, lieber Eddy nannte, Eddy mit Y (so viel Westen musste, da er ein gebürtiger Düsseldorfer war, schon sein), aber auch gerne mal anagrammatisch verwandelt: Endolf Adler, Ole Erdfladn, Randolf Elend, Alfred Nolde, Della Fonde, Lea Nordfeld, Dorle Efland. Dieser 1930, wie eben erwähnt, in Düsseldorf geborene und 2009 nach langer, schwerer Herzkrankheit in Berlin gestorbene, gerade im Westen viel zu wenig bekannte Adolf Endler, der unter seltsamen Umständen einst in die DDR übersiedelte, ist ein wuchtig-zarter, spöttisch-ernster, wahrhaft melancholerischer Dichter, der, wie kein zweiter unserer Zunge, elegantestes Turmhochdeutsch mit zottelzotigster rheinisch-berlinischer Maul-*art* verband und sich freudig bezichtigte, »eine der verwachsensten Gurken der neuen Poesie« zu sein. »Resumé«, das nun folgende Gedicht, eines der letzten, die er schrieb, findet sich in dem bei Suhrkamp erschienenen Band »Der Pudding der Apokalypse«, den ich Ihnen hiermit auch aufs Wärmste empfehle.

Resumé

Bis heute kein einziger *Seepapagei* in meinen vielen Gedichten
(Stattdessen schon wieder'n Dutzend Fadennudeln im Bart);
Auch dem *Sabberlatz* nicht das ärmste Denkmal gesetzt in Vers oder Prosa,
So wenig wie der *Elbe-Schiffahrt* oder der *Karpfenernte* bei Peitz.

Geschiebemergel dagegen ja!, fast zu häufig die Rede von diesem
(Und meistens mit Fadennudeln im verwahrlosten Bart)!
Nicht vergessen die *Gelbhalsmaus,* nicht fehlt die sogenannte
Naschmarktfassade!
Selbst *Sägeblätter,* selbst *Kühlhaus-Eier* weiß ich irgendwo untergebracht.

Indessen nicht der kleinste *Seepapagei* in meinem
Scheiße-Gesamtwerk!
Um ehrlich zu sein: Das Gleiche gilt für den *Hüfthalter*
oder den
Kronenverschluß.
Und wie konnte ich fünfzig Jahre lang das Wörtchen
»Wadenwickel«
verfehlen?
Es gibt keine ausreichend lichte Erklärung für das und
für dies und für das.

»Darf ich dir die Fadennudeln aus dem Bart nehmen?«
(Sagt Georg Maurer.)[1]

»Der A. Endler«, schrieb dessen Kollege Andreas Koziol in seinem *Bestiarium Literaricum*, »ist ein Kolkrabe mit sehr viel Weiß an den Spitzen seiner Schwungfedern« – »und meistens mit Fadennudeln im Bart«, darf ich, den Maître selbst zitierend, hinzufügen, – und die heutige Vorlesung beenden, aber noch nicht meinen Exkurs zur *Komik in der Literatur.* Das nächste Mal werden wir, wie ich hoffe, mehr lachen – und dabei, auch das hoffe ich, wird uns das Lachen im Halse stecken bleiben – oder manchmal eben doch nicht.

---

1 Adolf Endler, »Die Gedichte«, herausgegeben von Robert Gillett und Astrid Köhler unter Mitarbeit von Brigitte Schreier-Endler, Gesammelte Werke, Bd. 1, Göttingen, 2018

IIII

In der vorigen Vorlesung sprach ich ja bereits von jenen Kollegen, die für mein Lesen, mein Literaturverständnis und folglich auch für mein eigenes Schreiben prägend waren und sind. Diese vorige Vorlesung ging mit Adolf Endler zu Ende; lassen Sie mich die heutige beginnen mit einem weiteren *Lotsenfisch,* so nenne ich meine »ständigen Begleiter«, einem, dessen Gedichte und Prosatexte sich aus Zweifeln und der Verzweiflung speisten – und aus einem offenbar angeborenen, bitter ironischen, manchmal selbstironischen Sinn für das Paradoxe, das gar nicht Erhabene, das Niedrige und Gemeine, das nun mal die Rückseite des Tragischen ist – und gerade darum mittels Komik am besten darstellbar. Nie war dieser Autor so, wie Heiner Müller es einmal formulierte: »ohne Hoffnung und Verzweiflung« (Betonung auf *und*). Solche Coolness entsprach nicht seinem Temperament, sondern, *komischerweise,* war er, der Autor, um den es jetzt gehen soll, immer voller Hoffnung *und* Verzweiflung (auch hier Betonung auf *und*), bis Letztere zuletzt derart die Oberhand gewann, dass er sich umbrachte. Dieser Schriftsteller, Dichter und Essayist hieß Kurt Tucholsky; geboren 1890 in Berlin-Moabit und gestorben 1935, also gerade einmal fünfundvierzigjährig, im schwedischen Exil. Auch Kurt Tucholsky schrieb, weil er, wie Eddy Endler, ein zwiespältiges Verhältnis zu sich hatte – und zu allem eine Meinung –, unter diversen Pseudonymen: Theobald Tiger, Peter Panter, Ignaz Wrobel, Kaspar Hauser. Und gewiss war er ein großer Skeptiker, ein bedeutender Publizist der Weimarer Republik und, als Mitherausgeber der Wochenzeitschrift »Die Weltbühne«, ein leidenschaftlicher Journalist und Romanautor. Doch als Dichter, und als den schätze ich Tucholsky besonders, stieg er in die Stiefel des von ihm verehrten Heinrich Heine, was zur Folge hatte, dass einige seiner Gedichte, insbesondere seiner Liebesgedichte, ebenso unsterblich wurden wie die des Heinrich Heine.

Geschätzte Zuhörer, liebe Studentinnen und Studenten! Wer von uns fehlbaren, triebhaften, dennoch viel zu anspruchsvollen, also mit keinem und nichts je ganz zufriedenen Menschen hat sich zu Beginn einer Liaison, mittendrin in einer Liebe oder nach langen Ehejahren nicht schon gefragt: Passen wir eigentlich zusammen? Kurt Tucholsky, sensibler Spötter, echter Kenner jedweder Schwächen, selbst der eigenen, und multipel veranlagter Frauenheld (Womanizer würde er heute genannt) bemerkte sogar, dass mitunter nicht einmal die Teile ein und desselben Mannes zueinanderpassen. Politischer, kritischer, zweifelnder, oft genug eben auch verzweifelter Kopf, der er war – und bleibt – als Dichter, mokierte sich »Tucho«, wie seine Freunde zu ihm sagten, immer wieder gerne über die Realität und träumte – davor, währenddessen und manchmal sogar im Nachhinein – trotzdem von den Zuständen, die sein *sollten* »in der schönsten der Welten«. Bei ihm, genauer beim Lesen seiner Gedichte, begegnen wir in jeder Zeile der Emphase, der Sehnsucht (und anderen Süchten), der Freude, der Zärtlichkeit – und der Enttäuschung, die auf die zuvor erwähnten Empfindungen folgt. Und wir begegnen, in so vielen – gelegentlich markerschütternden – Momenten, Spiegelbildern, und nicht etwa nur seinen, sondern auch solchen, die erstaunlicher- und komischerweise eher uns ähnlich sehen.

»Zwei Seelen« heißt das in den Augen meines Spiegelbilds am meisten frappierende Liebesgedicht, oder eher Anti-Liebesgedicht dieses misanthropischen Humanisten und illusionslosen Idealisten, der – womöglich besser als ihm recht war – wusste, dass Ironie unser Bedürfnis nach Vollkommenheit oder zumindest Vollständigkeit nicht wirklich, nicht dauerhaft vertreibt.

Lassen Sie mich zunächst das ganze Gedicht vorlesen und dann, anhand von Zeilenblöcken und einzelnen Zeilen, die Kommentare, die zu schreiben ich mir erlaubt habe.

Zwei Seelen

Ich persönlich bestehe zu meinem Heil
aus einem Oberteil und einem Unterteil.

Das Oberteil fühlt seine bescheidene Kleinheit,
ihm ist nur wohl in völliger Reinheit;
es ist tapfer, wahr, gradlinig, anständig und
bis in seine tiefsten Tiefen klar und gesund.
Das Oberteil ist auch durchaus befugt, Ratschläge
zu erteilen
und die Verbrechen von andern Oberteilen
zu geißeln – es darf sich über die Menschen lustig
machen
und, wenn Andre den Naseninhalt hochziehen, darf es
lachen.

Soweit das.
Aber, Dunnerkeil,
das Unterteil!
Feige, unentschlossen, heuchlerisch, wollüstig und
verlogen;
zu den pfinstersten Pfreuden des Pfleisches pfühlt es
sich hingezogen –
dabei dumpf, kalt, zwergig, ein greuliches
pessimistisches Ding ... kurz: etwas ganz und gar
Abscheuliches.
Nun wäre aber auch Einer denkbar –
sehr bemerkenswert! –,
der umgekehrt.

Der also in seinen unteren Teilen nichts zu scheuen hätte,
keinen seiner diesbezüglichen Schritte zu bereuen hätte –
ein sauberes Triebwesen, ein ganzer Mann und
bis in seine tiefsten Tiefen klar und gesund.

Und es wäre zu denken, daß er am gleichen Skelette
eine Seele mit Maukbeene hätte.

Was er nur andenkt, wird faulig-verschmiert;
sein Verstand läuft nie offen, sondern stets maskiert;
sogar wenn er lügt, lügt er – glaubt sich nichts, redet sichs
aber ein –
und ist oben herum überhaupt ein Schwein.

Vor solchem Menschen müssen ja Alle, die ihn
begucken,
vor Ekel mitten in die nächste Gosse spucken!
Da striche auch ich mein doppelkollriges Kinn
und betete ergriffen: »Ich danke dir, Gott, daß ich bin,
wie ich bin!«
Was aber Menschen aus einem Gusse betrifft in
der schönsten der Welten –:
der Fall ist äußerst selten.[1]

1 Kurt Tucholsky, »Liebesgedichte«, ausgewählt von Katja Lange-Müller, Frankfurt am Main, 2008, S. 57f.

»Zwei Seelen«, der Titel des Gedichtes, in dem Tucholsky scharfsichtig und ergreifend komisch wie in keinem sonst sein mindestens gespaltenes, nichts desto trotz dem Renaissance-Menschen »aus einem Gusse« verfallenes Wesen beschreibt, erinnert mit voller Absicht an Johann Wolfgang Goethes »Zwei Seelen wohnen, ach, in meiner Brust« (Faust; der Tragödie erster Teil). Tucholsky sieht es ebenso wie Goethe, nur entschieden radikaler; für ihn »wohnen« die »zwei Seelen« nicht in der Brust, o nein, es wohnt oben, in seiner Brust, seinem Herzen, die *eine* Seele:

> Ich persönlich bestehe zu meinem Heil
> aus einem Oberteil und einem Unterteil.
>
> Das Oberteil fühlt seine bescheidene Kleinheit,
> ihm ist nur wohl in völliger Reinheit;
> es ist tapfer, wahr, gradlinig, anständig und
> bis in seine tiefsten Tiefen klar und gesund.
> Das Oberteil ist auch durchaus befugt, Ratschläge
> zu erteilen
> und die Verbrechen von andern Oberteilen
> zu geißeln – es darf sich über die Menschen lustig machen
> und, wenn Andre den Naseninhalt hochziehn, darf
> es lachen.

Die *zweite* Seele jedoch, Mann ist schließlich Mann, sitzt tiefer, im … – nennen Sie es wie Sie wollen, Tucholsky nennt es – »Unterteil«.

Soweit das.
Aber, Dunnerkeil,
das Unterteil!

In eben dem Maße, in dem er anfangs das »Oberteil« gepriesen hat, macht er schon im mittleren Segment des Gedichts, das es offenbar darauf anlegt, potenzielle Verehrerinnen wenigstens zu warnen, wenn nicht abzuschrecken, das arme Unterteil gänzlich nieder:

Feige, unentschlossen, heuchlerisch, wollüstig und verlogen;
zu den pfinstersten Pfreuden des Pfleisches pfühlt es sich hingezogen –
dabei dumpf, kalt, zwergig, ein greuliches pessimistisches Ding ... kurz: etwas ganz und gar Abscheuliches.

Wie sich Tucholsky, die entsprechend vornehme Haltung parodierend und eher in norddeutscher denn berlinischer Manier das f zum pf wie »pfui« aufpustend, über die eigene moralische Entrüstung amüsiert, das erinnert, Jahrzehnte nachdem »Zwei Seelen« geschrieben wurde, an Horst Jandl oder an Monty Pythons »Das Leben des Brian«. – So weit, so gut. Die Analyse des »Normalen« ist lustig, überrascht jedoch nicht wirklich. Das ganz Besondere, im Sinne der Novelle alles Wendende, kommt danach:

Nun wäre aber auch Einer denkbar –
sehr bemerkenswert! –,
der umgekehrt.

Und nun erschafft Tucholsky eine Kreatur, die selbst auf uns Heutige noch monströs wirkt, allein schon mal deshalb, weil sie sich von unseren gewöhnlichen Artgenossen und uns selbst dadurch unterscheidet, dass bei ihr oben unten ist und unten oben; ein Mensch,

Der also in seinen unteren Teilen nichts zu scheuen hätte,
keinen seiner diesbezüglichen Schritte zu bereuen hätte –
ein sauberes Triebwesen, ein ganzer Mann und
bis in dessen tiefste Tiefen klar und gesund.

Auf diese Zeilen folgt der rührende, trotzdem auch putzige und sogar ein wenig gruslige Reim:

Und es wäre zu denken, daß er am gleichen Skelette
eine Seele mit Maukbeene hätte.

Obwohl das Wort *Maukbeene* vermutlich auch Nichtberliner irgendwie zum Lachen reizt, dürften mittlerweile nicht einmal mehr echte Berliner – und einige von denen soll es ja noch geben – wissen, was genau es bedeutet; deshalb fühlt sich ein alter »Aborigine« wie ich an dieser Stelle zu einer Erläuterung berufen, ach was, verpflichtet:

Die *Mauke,* las ich in einem alten Lexikon, ist eine noch immer ziemlich weit verbreitete, nicht leicht zu behandelnde Pferdekrankheit, die vor allem die Pferdefußfesseln befällt. Diese Fesseln können sich bei nicht sachgemäßer Haltung auf zu selten gewechselter und daher mit dem Urin der Tiere vollgesogener Einstreu entzünden, besonders den Winter über, wenn die Pferde viel Zeit im Stall verbringen. Die vergleichsweise dünne, empfindliche Haut oberhalb der Hufe reißt, Keime dringen ein und verursachen großflächige, die Beine emporwachsende Geschwüre, die wiederum bewirken, dass ein von der Mauke befallenes Pferd stark lahmt, also *Maukbeene* hat. Der Berliner Kurt Tucholsky schätzte die »Feinheiten« der plebejisch kraftmeierischen, aber überaus treffenden und ganz gewiss respektlosen Berliner Ausdrucksweise. Mehr noch, er nutzte diese unfeinen Feinheiten geradezu bekenntnisartig; am liebsten dort, wo sie – nicht nur seiner Meinung nach – hingehörten, in der Dichtung. Denn jene, die so sprachen, die wollte er als Adressaten. Und die anderen, die anders sprachen, sollten auf den ersten, spätestens den zweiten Blick erkennen, mit welcher Großklappe von was für einem Kellerkind sie es zu tun bekämen, wenn sie weiterläsen. Und die mehr oder weniger bildungsbeflissenen Bürger, die dennoch Geschmack an Tucholsky fanden, waren für ihre Klasse oder Kaste fast schon verloren. Das jedenfalls wünschte sich der Autor. Was er sich ganz sicher nicht wünschte, war jene Maukbeene-Seele, die nun aufs Übelste Gestalt annimmt:

Was er nur andenkt, wird faulig-verschmiert;
sein Verstand läuft nie offen, sondern stets maskiert;
sogar wenn er lügt, lügt er –

Und hier, gerade hier, ist die nächste Interruption fällig: »sogar wenn er lügt, lügt er«. Etwas Besseres, die menschliche Unaufrichtigkeit, ja, das Wesen der Verlogenheit so paradox wie präzise Fassendes habe ich nirgends nie und überhaupt nur bei Kurt Tucholsky gefunden. Dies Sprachbild ist von unerreicht absurder Weisheit und obwohl oder gerade weil es derart irrwitzig ist, jedem verständlich, der Deutsch kann und sei es auch bloß einigermaßen. Vertiefendes folgt:

glaubt sich nichts, redet sichs
aber ein –
und ist oben herum überhaupt ein Schwein.

Vor solchem Menschen müssen ja Alle, die ihn begucken,
vor Ekel mitten in die nächste Gosse spucken!
Da striche auch ich mein doppelkollriges Kinn

»Doppelkollrig«, auch wieder so eine herbe Sprachschönheit berlinisch-tucholsky'scher Prägung, die womöglich nach einer Erläuterung verlangt: Uns ist bekannt, dass Kurt Tucholsky zeitlebens mit seiner gedrungenen, zur Rundlichkeit neigenden Gestalt haderte; dass ihm insbesondere sein – gar nicht soooo massives – Doppelkinn missfiel; das erklärt zumindest den Adjektivteil »doppel« und das Substantiv »Kinn«. Was aber meint er mit *kollrig,* genauer doppel*kollrig?* Richtig! Der Truthahn kollert; das heißt laut »Knaurs Naturführer«: »… er lässt seine Stimme, indem er seinen während der Balz blaurot verfärbten Kehl- oder Kollersack mit Luft füllt, mehrmals hintereinander rollend ertönen.« – Und schon habe ich angesichts der Wortschöpfung »doppelkollrig« eine zweifache, etwas faltige, Blasebalg-ähnlich ausgestülpte leuchtend violette Männerkehle vor Augen – und einen furchtlos zu den selbstironischsten Einschätzungen fähigen Dichter! Und so geht es weiter im Vers:

und betete ergriffen: »Ich danke dir, Gott, daß ich bin,
wie ich bin!«

Nun aber gipfelt das Gedicht in drei letzten, all den Spott, den Einfallsreichtum, die ganze, scheinbar mühelos aufgebotene originelle Schärfe und klarsichtige Prinzip-Mann-Analyse mit neu angeschlagener Tonart hoffnungsfroh ins immerhin Mögliche wendenden Zeilen:

Was aber Menschen aus einem Gusse betrifft in
der schönsten der Welten –:
der Fall ist äußerst selten.

Auf diesen »äußerst seltenen«, aber doch für möglich gehaltenen »Fall« – das begreift man (was mich betrifft zu Tränen gerührt), sobald man dies Ende, nein, dies Finale!, gelesen hat – kommt es an, in jeder Zeile, die jenen letzten Zeilen vorausging; sie »dienten« samt und sonders der – durchaus pointierten – Anti-Pointe, die Kurt Tucholsky bereits im Kopf gehabt haben musste, als er begann, das Gedicht zu verfassen, nach Worten zu suchen, die er für komisch, klug und provokant genug hielt, um dieses Fest der Erkenntnis vorzubereiten.

Seine innere Zerrissenheit, sein ständiges zermürbendes Schwanken zwischen eitler und gerade deshalb auch höchst skeptischer Selbstwahrnehmung, seine Unzufriedenheit mit dem eigenen widersprüchlichen, leicht entflammbaren, dann wieder jäh verdüsterten, mal euphorisch, mal schüchtern um das Herz dieser oder jener Frau ringenden Charakter, sein Zorn auf die gesellschaftlichen Verhältnisse in Deutschland und sein zunächst dennoch optimistisches, wohl mehr von der Literatur als vom Dasein geprägtes Menschenbild – das selbst sein scharfer Verstand sowie die miesesten Erfahrungen mit unserer Spezies sehr wohl erschüttern, jedoch, bis zur Ära des Faschismus, nicht zerstören konnten – sind diesem Gedicht eingeschrieben; einem Gedicht voll von echter, eben nicht blinder, kaum einmal erfüllter, trotzdem unauslöschlicher Liebe zu Mary Gerold, der Frau seines Lebens, und sogar der Liebe zu seines-, also unseresgleichen.

Lesen Sie Tucholskys Gedichte – zum ersten Mal oder wieder! Lesen Sie auch seine Erzählungen, Romane, Artikel, Kritiken, Briefe. Sie werden, wenn Sie nicht gerade Hornhaut auf der Seele haben, staunen, den Kopf schütteln, begreifen, lachen, womöglich feuchte Augen bekommen – und Mitgefühl mit diesem Unvergleichlichen, der bar jeden Kitsches, doch nicht ohne Bekenntnis zur Sentimentalität alles *zum Ausdruck bringen* konnte, sogar Mitgefühl mit den meisten von uns Sterblichen, ja, auch mit Ihnen und mir. – Mitgefühl, das ist wahrscheinlich die gerechteste, ganz sicher aber die ehrlichste Spielart der Liebe.

Da ich die Gelegenheit nutzen kann und nutzen will, Sie an einige jener großen Autoren zu erinnern, die nicht nur für mein Leben und Schreiben wichtig waren und sind, sondern die zu lesen oder wieder zu lesen auch für Sie ein großer Gewinn sein dürfte, kommen wir nun zu einem weiteren Dichter, einem, den ich am Ende meiner zweiten Vorlesung schon mal kurz erwähnt und der im Sommer 1995 die hier üblichen Poetik-Vorlesungen gehalten hatte. Doch *Liebesgedichte,* im eigentlichen oder engeren Sinne, die schrieb Wolfgang Hilbig, von dem jetzt die Rede sein soll, eher nicht. Obwohl, vielleicht sind fast alle Gedichte, die je geschrieben wurden, irgendwie Liebesgedichte, auch wenn sie nicht direkt das ansprechen, was wir uns üblicherweise unter Liebe vorstellen; aber womöglich lassen sich nicht einmal Hassgedichte ganz ohne Liebe zu Papier bringen.

Wolfgang Hilbig, auch er ist erst unlängst *von uns gegangen,* wie der routinierte Trauerredner jetzt sagen würde, war natürlich ein anderer Autor als sein und mein Freund Eddy Endler, doch so anders auch wieder nicht. Er war, in seinem Wesen und seiner Syntax, Sachse und Spott nicht seine stärkste Triebkraft, und wenn, dann war Hilbigs Spott eher Hohn, jedoch mehr finstere Selbstverhöhnung denn lässige Selbstironie.

Hilbig, der im Laufe seines sechsundsechzigjährigen Lebens sämtliche Literaturpreise abräumte, die in unserem Sprachraum vergeben werden, zuletzt, als er schon gar nicht mehr schreiben konnte, den Georg-Büchner-Preis, war, wiewohl ihn die Literaturkritik für jedes seiner Bücher feierte, nie ein Bestseller-Autor, sondern einer, auf den die überstrapazierten Wörter »Phänomen« und »Mythos« ausnahmsweise zutreffen. Hilbig, geboren im 2. Weltkrieg, herangewachsen im sächsisch-thüringischen Meuselwitz, bei seinem Opa, einem Analphabeten aus Westpolen, und seiner früh verwitweten Mutter (seinen Vater hatte er kaum gekannt), verließ die Schule bereits nach acht Jahren und hat als gelernter Werkzeugmacher niemals Werkzeuge gemacht, denn im nahen Braunkohletagebau Regis-Breitingen, dem weiträumigsten der Ex-DDR, dem Hilbig das Gedicht »Das Meer in Sachsen« auf den verwüsteten Leib schrieb, fand er gleich nach der Lehre einen Job, der es ihm erlaubte, einerseits für seine symbiotisch mit ihm verbundene kränkliche Mutter zu sorgen und andererseits in den Arbeitspausen unbeobachtet zu schreiben. Er wurde Niederdruckkesselwärter, wie man die Heizer in der DDR großspurig nannte, und blieb es – bis es schließlich gen Westen ging, gehen musste; weil er als Dichter in der DDR keine Chance hatte. Im Osten und später auch im Westen galt er als Proletendichter, als der schreibende Boxer; denn so sah er aus, und tatsächlich hatte er in seiner Jugend einige Zeit trainiert und sogar fünf, sechs Kämpfe bestritten und gewonnen. Aber im Westen wurde er – wie, mehr oder weniger verdient, viele übergesiedelte Autoren – dann auch noch zum Dissidenten veredelt und von manchem Rezensenten darüber hinaus sogar erkannt als einer, der hochgebildet war, obgleich er kein Abitur gemacht und nicht studiert hatte und trotzdem immer seinen »prägenden Erfahrungen mit der im Verschwinden begriffenen Arbeiterklasse Rechnung trug« (FAZ), als einer, der in Interviews, wenn man seine leise nuschelnde Mundart überhaupt verstand, wenig preisgab, weshalb bald niemand mehr versuchte, ihn vor ein Aufnahmegerät, ein Mikrofon oder gar eine Kamera zu zerren. Hilbig hat nun mal sehr viel lieber und viel mehr geschrieben als gesprochen. Reden, Plaudern, *frei von der Leber weg* erzählen war seine Sache nicht, obwohl gerade die Erzählungen, ziemlich lange Erzählungen, der Kern seiner Prosa sind. Doch der Graben zwischen dem ursprünglichen Erzählen und der Erzählung, im Sinne der literarischen Disziplin *Erzählung,* kann und muss, ich sagte es schon, tief sein. Kaum jemand demonstrierte dies drastischer als Wolfgang Hilbig. Jeder, der einmal eine Lesung mit ihm erlebt hat, wird sich daran erinnern, wie offenkundig unbehaglich ihm dabei zumute war, auch daran, dass er die – von keinem anderen als ihm selbst geschriebenen – Worte fast widerwillig ausspie, zwischen seinen schmalen, zusammengepressten Lippen hervorstieß, wie gegen einen imaginären Widerstand, kraftvoll und mühsam zugleich.

Als wäre es erst gestern gewesen, sehe ich ihn sitzen an einem Sommerabend des Jahres 1989 in einer Berliner Buchhandlung, seinen frisch erschienenen Roman »Eine Übertragung« ganz nahe vor den damals schon kurzsichtigen, aber noch unbebrillten Augen. Man konnte weder auf diese Augen noch auf seine etwas behaarte Boxernase noch auf seinen um präzise Artikulation *bemühten* Mund den flüchtigsten Blick werfen. Hilbig hatte sich derart hinter sein Buch verkrochen und so spürbar befremdet von seinem sächsischen Tonfall vorgelesen, dass die etwa dreißig dort versammelten jüngeren und älteren Damen lange Hälse machten, als er das Buch endlich sinken ließ. Und eine spekulierte halblaut darüber, ob der »vierschrötige Kerl da« wirklich diesen »subtilen Text« geschrieben haben konnte, während ihre Begleiterin meinte, diesmal sei es wohl mehr um den Text gegangen und weniger um den Autor; der komme schließlich aus der Zone, wo die eben alle ein bisschen schüchtern seien.

An jenem Abend gebrauchte Wolfgang Hilbig, der gebeten, richtiger, genötigt worden war, »bei einem Gläschen Wein« Publikumsfragen zu beantworten, zum ersten Mal eine Wendung, die ich nie von jemand anderem gehört habe, eine, mit der er auch später noch manche seiner knappen Erwiderungen einleitete oder beendete, wahrscheinlich, weil sie ihm geeignet schien, sich und dem Gegenüber umständlich tastende Erklärungsversuche zu ersparen: »Wenn du mich verstehst ohne Brille …« Eine wunderbar absurde Beschwörungsformel, zumal »verstehen« in diesem Kontext nicht zwingend Sehschärfe erfordert und mindestens zweideutig, also auf Hirn und Ohren bezogen ist – und außerdem nicht zu entscheiden, wem die Brille fehlt, dem, der verstanden werden *will*, oder dem, der verstehen *soll*. Aber womöglich verbargen sich hinter diesem Spruch nicht nur der Autor und dessen Freude an der rhetorischen Figur des Oxymorons; womöglich war dieser synästhetische Halbsatz, gerade weil er Hilbigs mal mehr, mal weniger ausgeprägtem Hang zu grimmiger Komik entsprach, vollkommen ernst gemeint. Denn natürlich wollte dieser Dichter des »desorientierten Halbdunkels und der überdehnten Dämmerung«, wie der Kritiker Hubert Winkels Hilbigs atmosphärische Zeit-Raum-Zonen zu Recht nannte, dieser »Romantiker des Morbiden und der Angst davor«, dieses »Heizungskellerkinds der DDR-Literatur«, wie Kollege Franz Fühmann sagte, nicht bloß gelesen, sondern tatsächlich verstanden werden, gerne auch ohne Brille – und am liebsten von denen, zu denen er noch gehörte, als er längst nicht mehr zu ihnen gehörte, denen, die er so gut kannte wie sich selbst nicht, denen, die Brillen als Intellektuellenaccessoire verachteten und die er, trotzdem oder gerade deshalb, immer und durchaus argwöhnisch im Auge behielt: den vom deutschen Feuilleton zum *Prekariat* erniedrigten, mittlerweile meist arbeitslosen Arbeitern, die sich, wie der Dichter wohl wusste, wenig bis gar nichts aus Büchern machten, weder aus seinen noch aus der sonstigen »schöngeistigen Literatur« – ein Begriff, den Hilbig in einem Essay einmal weit von sich gewiesen hat.

Das Fluidum, das ihn prägte, mit dem er vertraut war, ohne ihm jemals getraut zu haben, ist das des Tagebaus, nicht das des Bergwerks, das die literarische Großbaustelle des ihm nahen, aber mit ihm nicht seelenverwandten Franz Fühmann war, jenes unbequemen und klugen Riesengebirglers, der Hilbigs Ausnahmetalent früh erkannte. »Ecce poeta! Sehet – ein Dichter!«, schrieb Fühmann 1980 in seiner »Imaginären Rede«. Es sei, ergänzte er, mit Wolfgang Hilbig eine Stimme in sein Dasein getreten, von der überwältigt er sofort gewusst habe, dass er sie nie vergessen könne. – Anders als die des Fühmann'schen Berg- und Spätwerks knien Hilbigs Alter Egos nicht in Steinkohle- oder Erzflözen, nein, die irren zwischen Halden umher, durch Reste von Wäldern, Dörfern, Städten, und suchen auf den abwegigsten Umwegen nach einem Ausweg. Sicher, es gibt die Keller, speziell einen, in dem wir uns gleich noch einmal umschauen werden, es gibt Löcher und Gruben und unterirdische Labyrinthe, doch nur selten einmal völlige Schwärze, die Beklemmung hermetischer oder gar klaustrophobischer Enge. Hilbigs Tagebau, als den ich die Gegend so vieler seiner Erzählungen einmal bezeichnen will, denn das Wort *Milieu* widerstrebt mir, ist wüst und düster, aber auch leer und weit, und man hat den Himmel über sich. Bei Hilbig, dem Sachsen, ist es ein sächsischer Braunkohletagebau, eben der von Regis-Breitingen nahe Altenburg. Ein Tagebau, »der an den Sommerabenden dampft und aus dem in der Frühe Nebel aufsteigen«. Er liegt unter sächsischem Himmel, wo sonst?, einem meist milchiggrau-gelben wolkenverhangenen Himmel, der, wie Hilbig schreibt, »in manchen Winternächten eisig klar und voller Sterne ist«.

Oh ja, auch schöne oder zumindest tröstliche Landschaftsmomente finden sich bei ihm, Wald und Schnee und immer wieder das Gras, wie in der seltsam wehmütigen Erzählung mit dem Titel »Schläfriges Gras«, die schon 1968 entstanden war, jedoch erst im zweiten Band der Werkausgabe, zu der ich das Nachwort schrieb, erstmals abgedruckt wurde. Zu dem Ich-Erzähler, der auf einer Wiese liegend in einer anfangs bemerkenswert sachlichen, fast lakonischen Sprache über seine bindungslose und wohl deshalb so einsame Kindheit reflektiert und alsbald ein »überwältigendes Verlangen nach Zärtlichkeit« verspürt, der »Zärtlichkeit des warmen Grases im Sommer«, gesellt sich dort ein zweiter Mann, nicht unbedingt einer von den Doppelgängern, die in etlichen Hilbig-Texten erscheinen und dann wieder verlöschen, sondern einer, der ein Hippie sein könnte, ein Beatnik, wie wir solche damals nannten, oder ein *Herumtreiber, ein Tagedieb, ein Penner,* wie Hilbig so einen niemals genannt hätte, weder auf dem Papier noch im Leben.

Aus so manchem Hilbig-Text erheben sich gelegentlich arme, zerlumpte Gestalten, jedoch nicht wie Revolutionäre, eher wie kranke Backenzähne, die noch nicht richtig wehtun, auf die zu beißen man aber schon vermeidet. »Zur Genüge«, schreibt Hilbig in »Fester Grund«, einer anderen Erzählung, deren freilich nicht namentlich erwähnter Schauplatz die MITROPA-Gaststätte des Leipziger Hauptbahnhofs zu DDR-Zeiten ist, »kannte ich diese Gestalten, die allnächtlich, wenn die Transportpolizei ihre letzte Runde hinter sich hatte, in den Restaurants auftauchten, als hätte die Schattenwelt sie ausgespuckt, die zu zweit oder zu dritt sich eine Tasse Kaffee teilten, abgerissen und übernächtigt versuchten, die Köpfe auf den erdgrauen Unterarmen, sich eine Stunde Schlaf zu stehlen, unter dem Tisch die vom dauernden wachsamen Schlenderschritt wassersüchtig gewordenen Füße, die dickgeschwollen aus geplatzten Schuhen quollen. Bis sie wieder hinausgejagt wurden, verschwitzt und fliegenumschwärmt, und es war eine Gnade, wenn sie bloß verjagt wurden. *Sie alle warteten seit jenem Tag ihrer ersten harmlosen Zechprellerei darauf, daß nicht ihnen, daß endlich der Welt ein Unheil geschah.*« So endet diese Erzählung, die ich als ein Manifest verstehe, mit einem der stärksten und parteiischsten Sätze, die ich je gelesen habe über Stadtstreicher, Clochards, Homeless – oder wie immer sie heißen, in dieser oder jener Sprache. Mit denen und deren Hauptproblem, dem Hang zum tröstlichen Alkohol, machte sich Wolfgang Hilbig nicht gemein, nein, er *war* es. Er hielt sich für einen von ihnen; allerdings einen, der solches Elend in Worte fassen kann.

Und nun verfahre ich mal umgekehrt; ich sage erst etwas über den Text, mit dem ich Sie bekannt machen möchte, und dann lese ich Ihnen ein Stück daraus vor. Ob das eine Ihre Neugier steigernde Dramaturgie ist, weiß ich allerdings nicht. Na, womöglich sind ja einige unter Ihnen, die Wolfgang Hilbigs Literatur bereits kennen.

»Die Flaschen im Keller«[1] heißt meine Lieblingserzählung dieses Autors; sie handelt, wie etwa auch »Durst«, oberflächlich betrachtet vom Saufen, und doch enthält sie, in vergleichsweise wenigen Worten, die gesamte Hilbig-Welt, diese ungeheure Fülle von Bildern, die ihn bestürmt haben müssen und die er dennoch zu fixieren vermochte, in ebenso präzisen wie assoziativen Passagen. In dieser Erzählung kommt er sich wie auch den trinklustigeren unter seinen Lesern erschreckend und beglückend nahe, *bei*nahe schon auf die Schliche.

Flasche, die oder eine, ist, abgesehen von dem so bezeichneten Gegenstand, eine jedem geläufige Metapher für den Schwachen, den Nichtskönner, den Versager. Aber *die* Flasche, die einzelne, womöglich gar individuelle, die gibt es nicht in dieser schaurig-spöttischen Geschichte vom Krieg zwischen lebendem(!) Siliziumdi-

1 Wolfgang Hilbig, »Die Flaschen im Keller«, aus: »Der Schlaf der Gerechten«, Frankfurt a. M., 2003, S. 47 ff.

oxid, spukendem Obst und einem, der sich »ich« nennt. Hilbigs enghalsiger Glashohlkörper namens Flasche ist prinzipiell viel-, ja überzählig und befindet sich nicht etwa auf einem Fußballfeld, respektive am Rande eines solchen, sondern im Keller, jenem Grund und Abgrund des Seins, in dem so mancher Hilbig-Text buchstäblich *geerdet* ist. Und der immer der Wahrheit, nie der schnöden Wirklichkeit verbundene, durchaus listige, auf *seine* Art für den Humor im Grotesken – und nur dort – empfängliche Autor, der die sinnbildliche Bedeutung von Flasche und Flaschen gewiss kannte, spielt zunächst nicht auf *diese* Bedeutung an oder gar damit herum. Nein, anfangs beschreibt Hilbig ganz reale Flaschen, die leeren Weinflaschen im lichtlosen Keller seines proletarischen Eltern-, richtiger Mutterhauses, einem messiehaft vollgestopften, nichtsdestotrotz ärmlichen Ort, an dem »niemals etwas weggeworfen wurde« und nichts »durch Verschleiß wirklich unbrauchbar«. »Tausende von Flaschen« gab es dort, »mit Sorgfalt aufgeschichtet zu Pyramiden, die fast »Menschengröße« erreichten. Und weiteres Flaschenvolk tummelte sich all überall in diesem höhlenartigen Keller, »seltsam obszöne Reihen«, Schichten, Berge endlos vieler Flaschen, die »Hals an Bauch, Bauch an Hals« lagen und »in einer merkwürdig unflexiblen Weise miteinander zu kopulieren schienen«. Und bereits hier, auf den ersten Seiten, spürt der Leser, der bis dahin wohl nichts für harmloser hielt als leere Flaschen, des Protagonisten Hang zum grausig Komischen oder komisch Grausigen. Fruchtbare Flaschen, die sich »längst in Anarchie befanden«, sind eben keine Flaschen wie du und ich, sondern bedrohlich – wie alles massenhaft Vorkommende und auch noch derart Gebärfreudige. Es war, »als habe man Körbe voller Flaschen ausgeschüttet, aus Kopfhöhe und in gebührender Entfernung, als habe man unter weiteren Flaschen die anderen Flaschen begraben wollen, damit sie endlich unsichtbar würden. Doch die Flaschen ließen sich mit ihren eigenen Waffen nicht schlagen: es existierten immer neue Flaschen, alte Flaschen, unzerbrechliche Flaschen aus grünem oder braunem Glas (…) Der Gedanke an die Flaschen, an ihre offenbar uneingeschränkte Macht, ihre unaufhaltsame Fortpflanzung, war die schrillste Stimme meiner schlaflosen Nächte. (…) In meinem Kopf, ebenso wie in dem Keller, war für keinen anderen Gegenstand mehr Platz. Ich sann auf Flucht, weil ich unter dem unabweislichen Verdikt lebte, sie eines Tages wegräumen, den Keller eines Tages von ihnen befreien zu müssen. (…) Es zeichnete sich unfehlbar ab, daß ich, wenn ich aufgehört hatte ein Kind zu sein, die einzige gebrauchstüchtige männliche Person im Haus sein würde: es war ein göttliches Verdikt, und tagtäglich war ich erleichtert, wenn ich feststellen durfte, daß ich noch ein Kind war … Aber die Zeit verging (…) im nächsten Winter oder im folgenden Frühjahr konnte es geschehen sein, daß ich erwachsen war. Ich bemerkte, daß selbst die Wirkung meiner Drohungen verblaßte: die Flaschen existierten unbeeindruckt weiter unter den grausigen Zeichen an der Kellerdecke, unter den Umrissen der großen, knochenunterkreuzten Totenköpfe, die ich mit der rußenden Kerzenflamme an die Wölbungen gemalt hatte.«

Welch ein Bild! Piratenflaggen über dem Flaschenmeer in der Meuselwitzer Grotte. Etwa ab Seite drei der Erzählung sind die Flaschen nun eben doch Metapher, aber nicht für schwache, unbegabte Menschen, sondern für eine Armee von Terroristen mit enormen Kräften, die auch daher rühren, dass diese finster entschlossene, riesige Truppe als solche verstanden wurde; heimtückische Flaschen, die einen vollkommen wortlos zu sich hinabrufen, runterziehen, einsaugen, deren Macht wächst mit dem Hass auf sie, die Besitz ergreifen vom Hassenden in seiner permanenten und penetranten Abwehr, bis diese Abwehr schließlich erlahmt – wie jede jahre-, ja, lebenslange Gegnerschaft. Denn Hass, Wolfgang Hilbig wäre der Letzte gewesen, der es geleugnet hätte, ist, wie die Liebe, als deren Kontrahent er gilt, paradoxerweise eine Form der Zuwendung. Und da zeigt er sich nun wieder in seiner stärksten Schwäche oder schwächsten Stärke, der ewige Konterboxer, der hitzige Heizer, der womöglich Don Quijote ähnlichste aller Hilbigs (oder Hilbige?), die ihren Feinden immer Paroli boten, sie aber nie gänzlich besiegen, ihnen nie wirklich entkommen konnten, weil unser Dichter *derjenige* blieb, als den er sich früh erkannt und dann genau beschrieben hat: ein aussichtslos, doch nicht völlig hoffnungslos – und was uns, seine Leser, betrifft – ganz und gar nicht vergeblich Kämpfender wider seine Meister, die Flaschen, die, wie sich beim

Weiterlesen zeigt, auch noch Komplizen hatten und waren. Einer davon, »ein Behälter aus nagelneuem weißglänzendem Aluminium zum Entsaften von Früchten«, war eigentlich als Verbündeter der Menschen ins Haus geholt worden; er sollte helfen, »das Obst des Gartens (...) zu bewältigen«. »Doch der Garten«, heißt es seltsam nüchtern auf der folgenden Seite, »war stärker.« Der – im doppelten Wortsinn *tolle* – Entsafter erwies sich nicht nur als »untaugliche Waffe«, sondern schlug sich, vor den Obstmassen kapitulierend, alsbald auch noch auf die Seite der Flaschen im Keller: »(...) In jedem Herbst aufs Neue erstickte er uns in den Wolken und Fontänen jenes Absuds, der die Küche in ein brodelndes Dampfbad verwandelte, und der, nachdem wir ihn nächtelang mit verbrühten Fingern umtanzt und vergeblich seine Wirkungsweise zu durchschauen versucht hatten, immer wieder in einem Brei von brauner Apfelgrütze versackte, bis er schließlich in geschmolzenem Zucker, hoch aufschäumendem Wasser und kochenden Apfelabfällen den Geist aufgab ...« – Ist diese fabelhafte Eskalation eines heidnisch anmutenden Beschwörungsrituals, diese Ohnmacht gegen geile Flaschen und unermüdlich nachwachsende Ernten etwa keine finsterste Ironie?! Kann Hilbigs zornige Freude ob des allzu menschlichen Versagens in Anbetracht derart zweckloser Verwertungsbemühungen denn etwas anderes sein als diabolischer Sarkasmus? Spürt man hier nicht die – in der Erinnerung daran sich restaurierende, noch immer und schon wieder so erregende – Angstlust, die Hilbig erfasst haben muss, während er die subversive Energie der Dinge beschrieb, ihre misanthropische Gewalt über den Ich-Erzähler, einen Orpheus und Sisyphus und Ritter von selten trauriger Gestalt?!

Und was die Flaschen im Keller nicht schafften, das gelang dem Obst droben mit links: »Tagsüber, unter der brennenden Sonne, reiften die Früchte auf dem Hof zu Ende (…) längst faulten in der Entlegenheit des Waschhausschattens vergessene Fahrzeuge voller früher Birnen, wenn schon weiter vorn die mittleren und späten Sorten den Hof okkupierten (…) Das unbesiegbare Obst, nachdem es den Entsafter und seine Erfinder der Lächerlichkeit preisgegeben hatte, begann nun plötzlich von allein zu fließen (…) es überspülte den Hof mit einer Glasur, in der sich riesenhafte Wespen- und Fliegenschwärme spiegelten, die allein keine Furcht vor der irdischen Süße kannten und deren Heerscharen erst abzogen, wenn die Säfte zu Essig geworden waren.« – Und hier nun wird die Erzählung zur Novelle; rasant gärt sie ihrem Dreh- und Angelpunkt entgegen, dem Glühkern des Textes, von dem aus sich alles, die Dinge, die Natur, die Zeit, ins Verhängnis wendet und dieses wiederum, ganz im Sinne der Insektenmetapher, enorm beflügelt. »Wenn die blaue Essigflut den Hof im Mondschein in ein höllisches Arsenal verwandelte, wenn aus falscher Süße die wahre Säuernis herausgegoren war, in der man seiner Tränen nicht mehr Herr sein konnte, in der sich alle Menschenhaut verzweifelt zu kräuseln und zu sträuben begann, da war es plötzlich, als sei die Jugend ein für allemal vorbei.«

Ein Atempäuschen von geringer Winterlänge gönnt Hilbig seinem Erzähler und seinen Lesern noch – und einen sauersüßen Witz, der mich *meiner* Tränen nicht mehr *Frau* sein lässt, so oft ich diese Passage wieder lese. »Zu dieser Zeit wurde es schon kalt, die letzten Säfte im Hof glommen schon wie Spiegeleis, bald mußte Schnee auf Schimmel und Fäulnis fallen. Der Garten nutzte die Zeit zum Nachschöpfen seiner Kräfte, der Garten atmete weiter in seiner Überlegenheit, sein entlaubtes und verworrenes Geäst ragte in den hinterhältigen Glitzer des Sternenhimmels … und droben, wie um uns zu verhöhnen, am höchsten Zweig im unerreichbaren Wipfel des größten der Bäume leuchtete ein einziger knallrot gefrorener Apfel, der allen Versuchen, ihn zu pflücken, widerstanden hatte.«

Dieser *einzige knallrot gefrorene Apfel* macht mich jedes Mal völlig fertig, denn er ist die Metapher für jene stoische Beharrlichkeit, die wenigstens zu *üben* ja kaum noch einer den Mut aufbringt. Und sollte eines nicht mehr allzu fernen Tages auch ich *dran glauben müssen* und dann womöglich wiedergeboren werden und mir aussuchen können in welcher Gestalt, ich würde gern ein solcher Apfel – und sei es nur für einen Winter. Und als ich einmal, Ende Januar, durch eine Berliner Schrebergartenkolonie spazierte und hoch droben im Geäst eines kahlen Baumes so ein einzelnes verschrumpeltes rot leuchtendes Äpfelchen erblickte, da dachte ich: Nein, das ist keine Metapher. Das ist mein Freund Wolfgang Hilbig in seiner eigentlichen Gestalt!

Doch zurück zur Erzählung: Die »Flaschen waren gefüllt worden, und weil es niemanden gab, der den Most trinken wollte, hatten sie die Jahre überdauert«. – Und folgerichtig, wenngleich absurd, treibt der Text auf sein nahes Ende zu, dem das Ende des Ich-Erzählers und selbst das des Autors schon eingeschrieben ist, ohne jede Spur von Selbstmitleid und dennoch schicksalhaft, gebunden ans, ja, verwachsen mit dem Bio- und Soziotop, aus dem ein Entkommen nur – oder sollte ich sagen wenigstens – literarisch möglich war. »Ich«, schreibt Hilbig, »hatte die Flaschen (…) nicht gefüllt und nicht beseitigt, im Gegenteil, ich hatte ihre Übermacht durch immer mehr verräterische Randgruppen gestärkt … ich war es, der volle Flaschen leerte, auf daß die Anzahl der leeren Flaschen wuchs, die immer wiederkehrender Grund zum Unfrieden war, und dafür, daß ein unauflöslicher Kausalzusammenhang entstand: (…) je unauffüllbarer und zahlreicher die geleerten Flaschen wurden, desto mehr noch zu leerende mußte ich mir heranschaffen. Je mehr Flaschen ich zu leeren vermochte, umso heftiger wurde mein Verlangen danach (…) In meinem Körper war ein Fluch, der dem des Flaschendaseins selber glich: denn eine Fülle in mir führte nicht etwa zum Überdruß, sondern riß immer gieriger verlangende Schlünde in mir auf.«

Im Fortgang des Textes beschreibt der Ich-Erzähler, wie er sich des Nachts ans Bettschränkchen seiner alten Mutter schlich, um diesem, »so leise wie möglich«, einige Flaschen voll der ihm »widerwärtigsten Inhalte –

Liköre oder übersüßte Obst- und Rotweine« – zu entwenden. »Der Rückweg schien mir kaum zu bewältigen: es war mir, als müsse ich über endlose Halden leerer Flaschen kriechen (…) Finsternis, Schweiß und Durst waren die Basis meines Daseins, das nun das eines Erwachsenen war: und in diesem bäuchlings sich bewegenden Leben zitterten überschwere Flaschen in meinen Fäusten, die ich aus Schwäche kaum noch geräuschlos transportieren konnte.« – So bösartig und betäubend der Inhalt der gemopsten Flaschen auch war, »sie mussten noch in der gleichen Nacht als leere Flaschen im Keller verschwinden, und dieser Weg hinunter auf die Ebene der Flaschen war eine Heimsuchung für mich, die mich peinigte, bis mich endlich der Schlaf umlegte …« – Ein Schlaf, in dem diesem Ich-Erzähler, wie Hilbig schreibt, »alle Träume Übelkeit erregten (…)«. »Es gab«, heißt es weiter »kein Verlangen, das in meinem Körper jemals gestillt worden wäre. In Wahrheit nämlich konnte ich mich nie erbrechen, und es existierte kein Tropfen Alkohol, der in mir nicht am rechten Platz gewesen wäre. Was ich erbrechen wollte, war etwas anderes, etwas Imaginäres: vielleicht war es ein Ozean, bis auf den Grund zu Glas erstarrt, vielleicht war es eine Erde, die wie ein überreifer Apfel durch die Nacht stürzte.« – Es folgt ein allerletzter Satz; doch der wiederkehrenden Apfel-Metapher wegen ist der zuvor zitierte für mich der Schlusssatz dieser erst gegen ihr Ende hin rauschhaften, aber von Anfang an berauschenden Erzählung, die sicher auch den Versuch darstellt, Sucht nicht etwa zu erklären, sondern zu *beschreiben* als eine Abhängigkeit, besser vielleicht ein Abhängen – im mindestens doppelten Wortsinn. Und diesen Versuch wagte Hilbig, der, wie er einmal sagte, sehr wohl »ein Brot auf der Schulter tragen konnte ohne Psychoanalyse«, eben »nur« als *Versuch*, als erzählendes und nicht etwa als deutend selbst ergründendes oder gar planmäßig forschendes pseudowissenschaftliches Experiment-Fragment.

Die Flaschen, die Früchte, der abtrünnige Entsafter … haben es, also ihn, den Ich-Erzähler, schließlich geschafft. Vorbei die Kindheit! Es ist literarisch folgerichtig, dass sein Blick sich trübte, der Blick des geschlagenen Helden, der, wie Melvilles Ismael in »Moby Dick« meinte, er sei bloß noch auf der Welt, um von deren Schrecken und seiner eigenen Niederlage zu berichten; ja, dass er beinahe blind wurde für all seine Widersacher, und dass die Faszination, die jene auszuüben vermochten, schließlich abebbte. Denn nun hatten ihn weniger Flaschen im Griff, und mehr der darin enthaltene Alkohol. Der Junge war ein Mann geworden, allerdings einer, der sich nachts zu seiner Mutter stahl, auch weil die in ihrem Schränkchen Wein und Schnaps versteckt hielt.

Mit dem Ende der Kindheit begann der größer und größer und bald unstillbar gewordene Durst, das Trinken ohne die Hoffnung auf den Rausch, der einmal das Wechselgeld dafür gewesen war. Es gab nur noch die pure Anästhesie – bei lang-, lang-, langjähriger Gefangenschaft im Sein, ziemlich gleich, ob es ein Daheim*sein* blieb oder Unterwegs*sein* wurde. – So war es, so ist es: Der Inhalt wechselt die Flasche und der Mensch, mal nüchtern, mal trunken, vom Leben in den Tod. Unsere Existenz hat, wenn wir das erkennen, sind wir schon verloren, einen Grund, auf den kommen wir *vielleicht,* zu dem gehen wir *sicher,* egal, ob getrieben oder geruhsam, ängstlich oder tollkühn … Aber: »Am höchsten Zweig im unerreichbaren Wipfel des größten der Bäume leuchtet ein einziger knallrot gefrorener Apfel.« – Nein, sage ich Ihnen, dort leuchtet, in seiner letzten und wahrhaftigsten Gestalt, Wolfgang Hilbig, »der allen Versuchen, ihn zu pflücken, widerstanden hat«.

Und weil ich eh schon ein wenig überzogen habe und auch, damit Sie dieser unvergleichlichen Erzähldramaturgie der Eskalation mal ohne meine Kommentare folgen können, bitte ich Sie, noch sitzen zu bleiben und sich meinen Lieblingstext des Dichters Wolfgang Hilbig anzuhören.

Die Flaschen im Keller

Die Erinnerungen gehen durch alte Zimmer, in denen die Möbel mehrerer Generationen einander berühren. Niemals wurden Dinge weggeworfen, nichts wurde erneuert, nichts auch schien durch Verschleiß wirklich unbrauchbar zu werden. Die alten Gerätschaften, die zwei Kriege überstanden hatten, hielten und hielten … keine der Generationen gewann die Oberhand, und ich akzeptierte schließlich, daß ich nicht zu ihnen zählte.

Ein wahres Übel aber stellten die Flaschen im Keller dar, es waren Flaschen über Flaschen ... wenn man die lichtlosen Kellerräume unvorbereitet betrat, stieß man gleich hinter dem Eingang auf einen pyramidenartig aufgeworfenen Hügel, der erstaunlicherweise aus Erde oder Schlamm geformt schien. Streifte man jedoch zufällig daran, sanken dicke Staubschichten zu Boden, und es wurde ein unheimlich trüber, dunkelgrüner Glitzer sichtbar: die Pyramide war ein mit höchster Sorgfalt errichteter Stapel leerer Weinflaschen, fast bis auf Kopfhöhe reichend, der sich im Lauf der Jahre mit dicken Lagen von Kohlen- und Kartoffelstaub bedeckt hatte, die von geschwärzten Spinnweben am Abgleiten gehindert wurden. Und plötzlich tauchten im Halbdunkel des Kellers noch mehr Flaschen auf, plötzlich, wenn man hinzusehen wagte, waren da noch viel mehr Flaschen, noch weitere solcher Pyramiden waren begonnen worden, aber gescheitert, sie waren wieder in sich zusammengebrochen, dunkelgrünes Glas hatte sich unter die Regale ergossen, die Regale selber, vollgestellt mit Flaschen, schienen von gläsernen Wogen emporgeschwemmt und bald, in schiefer instabiler Haltung, auf einer glasig gefrorenen Flut erstarrt, die zuvor mit schrillem Singen bis in jeden Winkel geströmt war. Tische und Stühle im Keller, vollbesetzt mit Flaschen, schienen gewichtslos in einer Brandung zu driften, die sich, in einem unerklärlichen Augenblick, zu einem gläsernen Meerarm verwandelt hatte, bis auf den Grund bestehend aus wohlgeformten, aber totgeborenen und völlig verschmutzten Flaschen: die Flaschen waren leer, es war, als ob sich wirklich eine See von Flüssigkeit aus ihren Hälsen verflüchtigt habe. Verließ man aber den Keller, fürchtete man einer Unwirklichkeit erlegen zu sein und nun tatsächlich auf ein Meer zu treffen ... oder noch schlimmer, auf ein Meer, das in Form von vollen Flaschen unüberwindlich anrollte.

Oh, die Flaschen troffen aus den durchgebrochenen Schubladen; wenn man, auf der Suche nach einem erlösenden Gegenstand, etwa nach einem Hammer oder anderem Werkzeug, eine der noch geschlossenen Schubladen öffnete, fand man ebenfalls Flaschen, die seltsam obszöne Reihen und Schichten bildeten: sie lagen Hals an Bauch, Bauch an Hals, und schienen in einer merkwürdig unflexiblen Weise miteinander zu kopulieren, die dennoch lüstern war und sie keineswegs zu ermüden schien. Und wirklich, es war, als ob ihren dauernden Vereinigungen sofort die Nachkommenschaft entspränge, die hinter den Tischen ins Jenseits nicht mehr betretbarer Winkel geglitten war, wo sich die Flaschen längst in Anarchie befanden und sich in wahllos versprengten Haufen türmten: als habe man Körbe voller Flaschen ausgeschüttet, aus Kopfhöhe und aus gebührender Entfernung, als habe man die anderen Flaschen begraben wollen, damit sie endlich unsichtbar würden. Doch die Flaschen ließen sich mit ihren eigenen Waffen nicht schlagen: es existierten immer neue Flaschen, alte Flaschen, unzerbrechliche Flaschen aus grünem oder braunem Glas, die allesamt stumm waren, ihrem drohenden Schweigen verfallen unter dem Staub von Jahren, der sie wirksamer schützte und dämpfte als Watte. – Der Gedanke an die Flaschen, an ihre offenbar uneingeschränkte Macht, an ihre unaufhaltsame Fortpflanzung, war die schrillste Stimme meiner schlaflosen Nächte. Es lag nicht nur daran, daß ich immerzu ihr unverhofftes Lautwerden, ihren gemeinsamen Aufschrei erwartete ... meine Gedanken waren derart von ihrem unschönen gläsernen Kreischen erfüllt, daß in meinem Kopf, ebenso wie in dem Keller, für keinen anderen Gegenstand mehr Platz war. Ich sann auf Flucht, weil ich unter dem unabweislichen Verdikt lebte, sie eines Tages wegräumen, den Keller eines Tages von ihnen befreien zu müssen ... das hieß, ich mußte mich und meine Umgebung eines Tages von dem befreien, was zu einem schlichten Hauptgrund meines Daseins geworden war. Es zeichnete sich unfehlbar ab, daß ich, wenn ich aufgehört hatte ein Kind zu sein, die einzige gebrauchstüchtige männliche Person im Haus sein würde: es war ein göttliches Verdikt, und tagtäglich war ich erleichtert, wenn ich feststellen durfte, daß ich noch ein Kind war ... aber die Zeit verging, in einer Woche, in zwei Wochen, im nächsten Winter oder im folgenden Frühjahr konnte es geschehen sein, daß ich erwachsen war. Ich bemerkte, daß selbst die Wirkung meiner Drohungen verblaßte: die Flaschen existierten unbeeindruckt weiter unter den grausigen Zeichen an der Kellerdecke, unter den Umrissen der großen, knochenunterkreuzten Totenköpfe, die ich mit der rußenden Kerzenflamme an die Wölbungen gemalt hatte.

Die leeren Flaschen, jedenfalls die ersten ihrer gigantischen Konvolute, waren die Voraussetzung einer einst im Haus begonnenen großangelegten Mostproduktion. Die Mutter hatte eines Tages einen mir umfangreich vorkommenden Behälter, aus nagelneuem weißglänzenden Aluminium, zum Entsaften von Früchten, heimgebracht, der helfen sollte, das Obst des Gartens, das in den Nachsommern lange Reihen riesiger Zinkwannen zu überfüllen begann, zu bewältigen. Dies erschien vernünftig, da uns das Obst überschwemmte, obwohl sich der halbe Straßenzug an seinem Verzehr beteiligte. Doch der Garten war stärker: schon im Frühling war an den weiß- und rosafarbenen Gebirgen, an den süß duftenden Wolken der Unschuld, in die sich die Bäume wie nach blumigen Explosionen gehüllt hatten, zu sehen, was uns im Spätsommer und Herbst blühen würde. Mißbilligend sahen wir die Maigewitter, den Schnee, der uns noch Anfang Juni heimsuchte, unter Verwünschungen wollten wir in jedem Jahr erkennen, daß Unwetter die gesamte Blüte vernichtet habe – zu meiner heimlichen Erleichterung –, doch wenn Regen, Sturm, Hagel wirklich manchen Baum hatten beeinträchtigen können, so schienen diese Witterungsunbilden, wie es bedrohlich auf den agrarökonomischen Seiten der Zeitungen hieß, den übrigen Bäumen geradezu wohlzutun. Und sie überraschten uns zur Ernte mit einer Fülle, deren Herannahen mich in jedem Sommer eigentlich hätte heftig beunruhigen müssen: es geschah nur deshalb nicht, weil ich im Haushalt im

Grunde nicht vorhanden war, sondern dauernd abwesend und ohnehin ständig zum definitiven Verlassen der häuslichen Zustände bereit. – Der weiße Aluminiumbehälter erwies sich als eine untaugliche Waffe: in jedem Herbst aufs neue erstickte er uns in den Wolken und Fontänen jenes Absuds, der die Küche in ein brodelndes Dampfbad verwandelte, und der, nachdem wir ihn nächtelang mit verbrühten Fingern umtanzt und vergeblich seine Wirkungsweise zu durchschauen gesucht hatten, immer wieder in einem Brei von brauner Apfelgrütze versackte, bis er schließlich in geschmolzenenem Zucker, hochaufschäumendem Wasser und kochenden Apfelabfällen den Geist aufgab, so daß er in seine Einzelteile zerlegt und wieder anders zusammengesetzt werden mußte. Und während die glühenden und knisternden Flaschen auf allen Tischen und Fenstersimsen vibrierten, bis sie zersprangen, schien schon die nächste Invasion von Obst an die Treppenstufen des Hauses zu quellen; längst war das Gehen auf irgendeinem Platz der Wohnung unmöglich geworden, im seifenglatten Matsch auf den Dielen rollten Birnen und Äpfel als Fußfallen, und die Flottenstärke der obstgefüllten Handwagen, Wannen, Wäschekörbe, die den Hof eingenommen hatten, war ins Unübersehbare gewachsen. Ich schmiedete wilde Pläne ... nachts träumte ich verzweifelt von Meeren, über die ich unter der wehenden Kaperflagge immer weiter fort floh, in Regionen, wo es weder häusliches Gerät noch kleinstädtische Gartenanlagen gab ... ach, es war umsonst, wenn ich in der

Dunkelheit, gehüllt in das vom klebrigen Most durchfleckte Nachthemd, hinabschlich, um mich mit den Ziegen und Schweinen gegen die feindliche Macht zu verbünden: indem ich ihnen die Gatter öffnete und sie auf die Obstfracht losließ ... wenn man mich dafür strafte, so nicht, weil ich die Ernte gefährden konnte, sondern weil ich die Haustiere mittels Durchfällen umzubringen drohte. – Tagsüber, unter der noch brennenden Sonne, reiften die Früchte auf dem Hof zu Ende ... längst faulten in der Entlegenheit des Waschhausschattens vergessene Fahrzeuge voller früher Birnen, wenn schon weiter vorn die mittleren und späten Sorten den Hof okkupierten ... das Pflaster verwandelte sich in einen Sumpf von gelber Süße, Honig und Sirup troffen zwischen den sich zersetzenden Wagenbrettern hervor und versanken in trägen Bächen in den Gossen. Die Eimer rosteten, und die Körbe schienen zu schwimmen in einem einzigen Teich von glänzender Melasse, die den Hof unbetretbar machte. Das unbesiegbare Obst, nachdem es den Entsafter und seine Erfinder der Lächerlichkeit preisgegeben hatte, begann nun plötzlich von allein zu fließen, aus eigener Lust floß der Met der Obstsäfte und schien sogar die Behältnisse in Schmelzfluß zu versetzen; das Obst überspülte den Hof mit einer Glasur, in der sich riesenhafte Wespen- und Fliegenschwärme spiegelten, die allein keine Furcht vor der irdischen Süße kannten, und deren Heerscharen erst abzogen, wenn die Säfte zu Essig geworden waren. Wenn die blaue Essigflut den Hof im Mondschein in ein höllisches Areal verwandelte, wenn aus falscher Süße die wahre Säuernis herausgegoren war, in der man seiner Tränen nicht mehr Herr sein konnte, in der sich alle Menschenhaut verzweifelt zu kräuseln und zu sträuben begann, dann war es plötzlich, als sei es mit der Jugend ein für allemal vorbei. – Wenn von Grün nach Schwarz übergehender Schimmel endlich die Oberhand gewann, waren wir längst untergegangen ... tiefe Müdigkeit hockte in unseren Herzen, und wir hatten Mühe, sie nicht hervorbrechen zu lassen, wir saßen herum, und unsere zerfressenen Schuhe klebten an den Fußböden, nahtlos wie der Irrsinn an der scheinheiligen Ruhe unserer Reden, wir waren zu entkräftet, um noch einen Finger zu rühren, und die Trägheit in unseren Adern war von nichts mehr zu verdünnen. – Zu dieser Zeit wurde es schon kalt, die letzten Säfte im Hof glommen schon wie Spiegeleis, bald mußte Schnee auf Schimmel und Fäulnis fallen. Der Garten nutzte die Zeit zum Nachschöpfen seiner Kräfte, der Garten atmete weiter in seiner Überlegenheit, sein entlaubtes und verworrenes Geäst ragte in den hinterhältigen Glitzer des Sternenhimmels ... und droben, wie um uns zu verhöhnen, am höchsten Zweig im unerreichbaren Wipfel des größten der Bäume leuchtete ein einziger knallrot gefrorener Apfel, der allen Versuchen, ihn zu pflücken, widerstanden hatte.

Einige wenige Flaschen waren gefüllt worden, und da es niemanden gab, der den Most trinken wollte, hatten sie die Jahre überdauert. Zuvorderst thronten sie oben auf dem ersten Regal des Kellers. Der ehemals dickflüssige bräunliche Saft in ihnen hatte sich in eine feste, weiß schimmernde Materie verwandelt, in Kristall, in versteinerten Schimmel, der die Gummiverschlüsse abgesprengt hatte. Zentimeterweit war der Schimmel aus den Flaschenhälsen gestiegen: diese Fortsätze – dem sinnlosen Stolz angemaßter Männlichkeit vergleichbar –, die sich in der dumpfen Luft geschwärzt hatten, machten jene Flaschen einsam; Beweisnot ließ sie an dem Zeugungsfest zu ihren Füßen nicht teilhaben. So führten sie das Schattendasein abgesetzter Tribune, während unter ihnen, im Weichbild ihres Territoriums, Chaos und Revolte sich tummelten: die desperate und demoralisierende Freigeisterei der leerbäuchigen, noch nicht durch antialkoholische Flüssigkeiten verunreinigten Flaschen.

Zuerst hatte mich die trostlose Versteinerung jener Oberen entsetzt, später war es eine komplizierte Bindung an das Dasein der unteren Masse, die mich mehr und mehr beunruhigte. In den Nächten, in denen ich mich mit Hilfe des Inhalts neuer Flaschen in einen düsteren Halbschlaf zu zwingen suchte, begann mich plötzlich der Tatbestand der Leere dieser Flaschen, der auf vielfältige Weise durch mein Verschulden eingetreten und unaufhebbar geworden war, in Grauen zu versetzen. Ich hatte sie nicht gefüllt, die Flaschen, ich hatte sie noch nicht beseitigt, im Gegenteil, ich hatte ihre Übermacht durch immer mehr verräterische Randgruppen gestärkt ... ich war es, der die vollen Flaschen leerte, auf daß ihre Anzahl wuchs, die ein immer wiederkehrender Grund zum Unfrieden war, und daß ein unauflöslicher Kausalzusammenhang hergestellt wurde: je leerer die Flaschen wurden,· je unauffüllbarer, und je zahlreicher die geleerten Flaschen wurden, desto mehr neue, noch zu leerende Flaschen mußte ich mir heranschaffen. Je mehr Flaschen ich zu leeren vermochte, um so heftiger wurde mein Verlangen danach ... in meinem Körper war ein Fluch, der dem des Flaschendaseins selber glich: denn eine Fülle in mir führte nicht etwa zum Überdruß, sondern riß immer gieriger verlangende Schlünde in mir auf. – Ich wußte um einige Flaschen, voll von den mir widerwärtigsten Inhalten – Liköre oder übersüßte Rotweine –, denen das Nachtschränkchen meiner alt gewordenen Mutter zum Versteck diente. Dort, in einem Winkel am Kopfende ihres Bettes, hinter einer scheußlich klickenden Schranktür, harrten sie irgendwelcher Gäste, die niemals auftauchten. Es gab äußerst erniedrigende Nächte, in denen ich mich in das Schlafzimmer meiner Mutter schlich, auf allen vieren unter ihrer Bettkante entlangkroch, Zentimeter für Zentimeter, um möglichst lautlos an das Schränkchen zu gelangen. Ich öffnete es, bei aller Behutsamkeit erzeugte ich dennoch ein metallisches Schnappen, bei dem meine Mutter ihr Schnarchen unterbrach und zu lauschen schien; minutenlang wartete ich auf die Wiederkehr ihrer regelmäßigen Atemgeräusche, meine Schweißtropfen, die zu Boden fielen, erschienen mir wie Detonationen ... dann entnahm ich dem Nachtschrank eine oder zwei Flaschen, ließ die Tür zuschnappen, wieder wartete ich, die ganze Zeit über flach auf dem Bauch liegend, um endlich mit der Beute aus der Kammer zu kriechen. Der Rückweg schien mir kaum zu bewältigen: es war mir, als müsse ich über endlose Halden von leeren Flaschen kriechen, die nur aus dem Grund kein fürchterliches Klirren und Schellen verursachten, weil über ihnen der Sumpf einiger Wagenfuhren zu Brei verfaulter Kartoffeln, versetzt mit Spinnengeweb und Ruß, sich abgelagert hatte, wie es unten im Keller der Fall war, wo es keinen Platz mehr gab für die Wintervorräte. Durch einen solchen Morast schien ich mich in derartigen Nächten zu schieben ... Finsternis, Schweiß und Durst waren die Basis meines Daseins, das nun das eines Erwachsenen war: und in diesem bäuchlings sich bewegenden Leben zitterten überschwere Flaschen in meinen Fäusten, die ich aus Schwäche kaum noch geräuschlos transportieren konnte. So bösartig und betäubend der Inhalt der gestohlenen Flaschen auch war, sie mußten noch in der gleichen Nacht als leere Flaschen im Keller verschwinden, und dieser Weg hinunter, den ich mehr torkelte als ging, dieser Weg hinab auf die Ebene der Flaschen war eine Heimsuchung für mich, die mich noch lange peinigte, bis mich endlich der Schlaf umlegte. Es war ein schwächlicher Schlaf, in dem mir alle Träume Übelkeit erregten: wohl hundertmal sah ich mich in die Abortschüssel erbrechen, ich sah mein kräuterschnapsbitteres Herz, meine sirupgefüllten Adern, meine kandierten Eingeweide aus mir herauspoltern, bis in mir nur noch staubschwarzer Kristall war, der in Flüssigkeiten aufgelöst werden mußte; Trockenheiten verödeten meine Kehle, meine Magenwände brannten wie Wüstensand ... es gab kein Verlangen, das in meinem Körper jemals gestillt worden wäre: in Wahrheit nämlich konnte ich mich nie erbrechen, und es gab keinen Tropfen Alkohol, der in mir nicht am rechten Platz gewesen wäre. Was ich erbrechen wollte, war etwas anderes, etwas Imaginäres: vielleicht war es ein Ozean, bis auf den Grund zu Glas erstarrt, vielleicht war es eine Erde, die wie ein überreifer Apfel durch die Nacht stürzte. Oder ich wollte einen Schlaf erbrechen, der mir keine Befriedigung verschaffte, da er immer wieder enden mußte. Jener Schlaf, der mich in den Nächten nicht zur Ruhe kommen ließ, wenn ich dürstend, halb schlafend, halb wach, dem Heulen der Flaschen im Keller lauschte.

IV

In der letzten Vorlesung hatte ich Sie mit einer schlichten – in Ihren Ohren womöglich zu schlichten – Erkenntnis aus dem ganz gewöhnlichen Leben behelligt. Wenn ein großer Starker einem kleinen Schwachen aufs Maul hauen will, sagte ich, hat dieser nur eine Chance, der muss den großen Starken zum Lachen bringen, nach Möglichkeit einen Lachanfall auslösen bei diesem. Das, und oftmals nur das, nimmt dem Aggressor den Saft aus den Fäusten. Ähnliches, auch das sagte ich bereits, gilt für die Literatur. Wenn dein Leser erst einmal lachen musste, wird er dein Buch nicht gleich in die nächste Ecke feuern, weil er, wie so ziemlich jeder Mensch, ja gerne mal lacht und nun hofft, dass zwei, drei Seiten weiter wieder etwas Komisches kommt. Wenn du ein kluger Autor, eine kluge Autorin bist, und das bist du sicher, dann hast du dafür gesorgt, dass dein Leser einerseits nicht enttäuscht ist und anderseits dafür, dass er irgendwann sogar Tränen lacht, aber bitte nicht aus Übermut, sondern weil jeder wahren Komik Bitternis innewohnt, ein tiefer, paradoxerweise das Zwerchfell erschütternder Ernst, die Tragik des Daseins eben, die uns mitunter an Grenzen führt, hinter denen nicht nur die Komik Notwehr ist, sondern unser Gelächter auch die einzig noch mögliche Antwort darauf, mithin wahrscheinlich ebenfalls so etwas wie Notwehr.

Wie viele literarische Texte widmen sich – partiell oder generell – dieser Komik des Tragischen, der grotesken Verzweiflung, dem Witz aus Notwehr!? Wie oft sagen wir, etwas sei »schrecklich komisch«. Und wie oft finden wir etwas »irgendwie komisch« und meinen damit, dass wir es mindestens für befremdlich halten. Lassen Sie mich ein weiteres ebenso hochkomisches wie tieftrauriges Beispiel herausgreifen aus dem Meer der Lachtränen:

In »Tom Sawyer & Huckleberry Finn«, dem wohl besten Roman Mark Twains, dessen Aufsatz »Über die fürchterliche deutsche Sprache« ich all jenen, die ihn noch nicht kennen, ans Herz lege und der in jedem Goethe-Institut Pflichtlektüre sein sollte, in »Tom Sawyer & Huckleberry Finn« also, diesem von Andreas Nohl grandios neu übersetzten, bei Hanser erschienenen Roman, nimmt die am mittelwestlichen Ufer des Mississippi und nahe der Stadt Cairo lebende, wohlhabende, streng gläubige Farmersfamilie Grangerford, die mit einer anderen gläubigen Farmersfamilie, den Shepherdsons, in

Blutrache liegt, Huckleberry Finn bei sich auf und versucht, selbigen zu einem ebenso frommen jungen Mann zu erziehen wie ihre zahlreichen eigenen Kinder. Mit Buck, einem der beiden Grangerford-Söhne, die später von zwei Shepherdsons erschossen werden, befreundet sich Huckleberry Finn. Zu dieser Familie hatte auch eine sehr kreative Tochter namens Emmeline, genannt Emily, gehört, die früh starb, weil oder obwohl ihr Verhältnis zum Tod ein ausgesprochen obsessives gewesen war. Und nun lese ich Ihnen die betreffende Stelle, also die Worte, die Mark Twain und Andreas Nohl ihrem Hucklebrry Finn in den Mund legten, gerne vor:

> An den Wänden (im Hause der Grangerfords, wie ich erläuternd einfüge) hatten sie Bilder hängen – hauptsächlich von Washington und Lafayette und Schlachten und Highland Marys, und eines hieß »Die feierliche Unterzeichnung der Unabhängigkeitserklärung«. Manche hingen da, die nannten sie Pastelle. Die hatte eine ihrer Töchter, die schon tot war, mit nur fünfzehn Jahren gemalt. Sie waren anders als alle Bilder, die ich vorher gesehen hatte, mit viel mehr Schwarz drauf als sonst. Eines zeigte eine Frau in einem schmalen schwarzen Kleid, das unter den Achseln eng zusammengezogen war, und die Ärmel waren in der Mitte aufgeplustert wie Kohlköpfe. Sie trug einen riesigen schwarzen schaufelartigen Hut mit schwarzem Schleier, und ihre weißen schmalen Knöchel waren kreuzweise mit schwarzen Bändern umschnürt, und

an den Füßen trug sie winzige schwarze Schühchen, die wie Grabstichel aussahen, und sie lehnte mit ihrem rechten Ellbogen versonnen an einem Grabstein unter einer Trauerweide, und in ihrer anderen Hand, da hielt sie ein weißes Taschentuch und ein Täschchen, und unter dem Bild stand: »Ach, nie werd' ich dich wiedersehen«. Ein anderes zeigte eine junge Dame mit hochgekämmtem Haar, das oben auf ihrem Kopf von einem Kamm zu einem Knoten aufgetürmt war, der wie eine Stuhllehne hochstand. Sie weinte in ein Taschentuch, und in der anderen Hand hielt sie einen toten Vogel, der auf dem Rücken lag und die Füße nach oben streckte, und drunter stand: »Ach, nie werd' ich deinen süßen Sang mehr hören«. Auf einem dritten Bild stand eine junge Witwe am Fenster und sah zum Mond hinauf. Tränen liefen ihr übers Gesicht, und sie hielt einen geöffneten Brief in der einen Hand, am Rand konnte man noch ein Stück schwarzen Siegellack sehen, und sie presste einen Anhänger mit ner Kette dran gegen ihren Mund, und unter dem Bild stand: »Ach, so bist du fort, ja, fort für immer«. Es waren alles nette Bilder, schätze ich, aber irgendwie wurde ich nicht richtig warm mit ihnen, denn immer, wenn ich mal ein bisschen niedergedrückt war, gaben sie mir den Rest. Alle waren traurig, dass sie gestorben war, denn sie hatte noch jede Menge von diesen Bildern geplant, und man konnte an den vorhandenen sehen, wie groß der Verlust war. Aber ich dachte mir, dass es ihr bei ihrer Veranlagung auf dem Friedhof besser ging.

Sie arbeitete an ihrem, wie es hieß, großartigsten Bild, als sie krank wurde, und jeden Tag und jede Nacht betete sie darum, noch so lange leben zu dürfen, bis sie es fertig hatte, aber sie hatte keine Chance. Es war das Bild einer jungen Frau in einem langen weißen Gewand, die auf einem Brückengeländer stand, um gleich runter zu springen. Ihr Haar hing ihr über den Rücken, und sie schaute zum Mond, und Tränen liefen ihr übers Gesicht. Sie hatte zwei Arme über ihre Brust gekreuzt, zwei Arme streckte sie nach vorn aus und zwei weitere streckte sie dem Mond entgegen – der Plan war, erstmal zu sehen, welches Paar Arme am besten aussah, und die anderen dann alle wegzukratzen. Aber wie ich schon gesagt habe, sie starb, bevor sie sich entschieden hatte, und jetzt hatte die Familie das Bild über dem Bett in ihrem Zimmer aufgehängt und schmückte es immer mit Blumen, wenn sie Geburtstag hatte. Sonst war es hinter einem kleinen Vorhang verborgen. Die junge Frau auf dem Bild hatte irgendwie ein liebes süßes Gesicht, aber es waren so viele Arme, dass sie zu sehr wie eine Spinne aussah, fand ich.

Dieses junge Mädchen führte eine Art Andenkenbuch, als sie noch lebte, in das klebte sie Todesanzeigen und Artikel aus dem »Presbyterianischen Beobachter« über Unfälle und geduldig ertragenes Leid und schrieb dann dazu Gedichte, die sie sich selbst ausgedacht hatte. Das hier schrieb sie über einen Jungen, der Stephen Dowling Bots hieß und der in einen Brunnen fiel und ertrank:

ODE AUF STEPHEN DOWLING BOTS SEL.

Und war der junge Stephen krank?
  Und war voll grünem Gift sein Schrank?
Und siechte Stephen denn dahin?
  Was war wohl aller Trauer Sinn?

Mitnichten dies sein Schicksal war!
  Die Herzen tief in Trübsal zwar
Beweineten dem HERRN zum Trotz
  Den jungen Stephen Dowling Bots.

Kein schlimmer Husten raffte ihn,
  Nicht Masern oder Pusteln hin,
Nicht diese oder andre Blattern
  Bestimmten ihn zum Fraß den Nattern.

Nicht abgewiesner Liebe Schmerz
  Versengte dieses edle Herz;
Auch Fieber nicht und Mutterkorn
  Entleerten Stephens Lebensborn.

So hört mit nasser Augen Fluss,
  Was ich von ihm berichten muss:
Er nahm das Jenseits sich zum Ziel,
  Indem er in den Brunnen fiel.

Sie holten hoch und leerten ihn,
  Doch war's zu spät für Medizin.

Schon floh ins Licht des Abendrots
Die Seele Stephen Dowling Bots'.

Wenn Emmeline Grangerford solche Gedichte schreiben konnte, bevor sie vierzehn war, dann lässt sich kaum ausdenken, was sie sonst noch alles auf dem Gebiet hätte leisten können. Buck sagte, sie konnte die Gedichte nur so runterrattern. Sie musste nicht mal ne Pause machen, um nachzudenken. Er sagte, sie schmiss eine Zeile hin, und wenn sie keinen Reim drauf fand, dann radierte sie sie einfach wieder aus und schrieb eine andere, und dann ging's weiter. Dabei war sie nicht wählerisch, sie konnte über alles schreiben, was man ihr vorschlug, Hauptsache, es war traurig. Jedesmal wenn ein Mann starb oder eine Frau oder ein Kind, hatte sie ihre »Ode« fertig, bevor der Leichnam kalt war. Sie nannte sie »Oden«. Die Nachbarn sagten, erst kommt der Arzt, dann Emmeline, dann der Bestatter – der Bestatter war nie vor Emmeline da, nur ein einziges Mal. Damals war sie stecken geblieben, weil sie keinen Reim auf Whistler fand, so hieß der Tote. Danach war sie nicht mehr dieselbe. Sie klagte nicht, aber irgendwie welkte sie dahin und lebte nicht mehr lange. Die Ärmste! Oft, wenn mich ihre Bilder wieder genervt hatten und ich mit ihr haderte, zwang ich mich, in ihr kleines Zimmer hinaufzugehen und in ihrem alten Andenkenbuch zu lesen. Ich mochte die ganze Familie, die Toten und alle anderen, und wollte nicht, dass irgendwas zwischen uns kommt. Die arme Emmeline hatte, als sie noch lebte, Gedichte über all die Gestorbenen geschrieben, und es war irgendwie nicht richtig, dass niemand eines über sie machte, wo sie doch auch gestorben war. Also versuchte ich selber, ein oder zwei Strophen auszubrüten, aber irgendwie wollte es nicht richtig flutschen.[1]

Wirklich selten sind die Geschwister Tragik und Komik einander so nahe wie in dieser Passage aus Twains »Tom Sawyer & Huckleberry Finn«.

Doch jetzt, mein geschätztes Publikum, komme ich zu dem für mich wohl wichtigsten der in den beiden vergangenen Vorlesungen bereits flüchtig erwähnten »Lotsenfische«, so jedenfalls hatte ich sie auch weiterhin nennen wollen, jene Autoren und deren Werke, die mein Werk begleiten; manche von ihnen schon sehr lange, andere nur für die Zeit der Arbeit an einem ganz bestimmten Manuskript. – Aber dann las ich bei Wikipedia, dass die Lotsen- oder Pilotfische (Naucrates ductor) der Familie der Stachelmakrelen angehören und ausschließlich in der Gesellschaft von Haien, Mantarochen und Meeresschildkröten zu beobachten seien: »... sie befreien diese von Hautschmarotzern, fressen Speisereste und Ausscheidungen.« – Da wurde mir mal wieder klar, dass man Metaphern stets überprüfen sollte,

1 Mark Twain, »Tom Sawyer & Huckleberry Finn«, herausgegeben und übersetzt von Andreas Nohl, München, 2010, S. 382 ff.

denn oft verbirgt sich hinter einem Begriff, der erst einmal ziemlich passend klang, leider nicht das Vermutete. Darum sei das schöne Wort *Lotsenfische* ersatzlos gestrichen. – Zu den »Lebenslänglichen« unter meinen *literarischen Idolen,* wie ich sie wegen der Pleite mit den Lotsenfischen nun nenne, gehört an erster Stelle, also noch vor seinen Klassiker-Kollegen Johann Wolfgang Goethe und Friedrich Schiller, über den der Dramatiker Heiner Müller mal sagte, bei ihm wisse man wenigstens, »wann Schluss ist«, Heinrich von Kleist. Ihn habe ich wieder und wieder wiedergelesen, auch ehe ich dazu quasi gezwungen war, 2013, als ich den Kleist-Preis erhielt. Und an der Stelle angelangt, darf ich es endlich einmal einfacher haben und Sie mit einem Essay zu diesem mir so wichtigen Dichter beglücken – oder behelligen – auch das beurteilen am Ende Sie.

Kleist, der Krieg und die Welt

»Jahrgang 21 und lebend …«, mit diesen Worten begann eine Rede, eigentlich eine Selbstauskunft, des Autors Max Walter Schulz, der während meines Studiums am Leipziger Literaturinstitut der DDR dessen Direktor war und der dann, 1991, doch eines sogenannten *natürlichen* Todes starb. Damals begriff ich nicht gleich, was Schulz meinte, schon gar nicht, warum, als er von sich sprach, in seiner Stimme ungläubiges Staunen, verhaltene Trauer und leiser Stolz mitschwangen; vielleicht nicht in dieser Reihenfolge, aber wohl in dieser Kombination. Also machte ich mich schlau und las in einem Buch, dass sehr viele deutsche Männer *gerade* des Jahrgangs 1921 während des 2. Weltkriegs den »Tod gefunden« hätten. Den Tod *gefunden*? – grübelte ich. *Suchten* sie ihn denn? Und war es etwa Schulz' *Verdienst,* dass er in der einen oder anderen brenzligen Situation drei Schritte entfernt stand von seinem Kameraden, den die Granatsplitter trafen, oder war es einfach *Glück*? Und wenn ja, warum hatte Schulz mehr Glück als jener Kamerad? War es *Zufall,* dass er verschont blieb? Oder *Schicksal*? Oder schwebte vielleicht doch *Gottes Hand* schützend über Max Walter Schulz' behelmtem Haupte? Und wenn wieder ja, warum tat sie das? Weil ausgerechnet Schulz ein besserer Mensch war als andere Soldaten und weniger Feinde oder absichtlich niemanden getötet hatte? Oder wollte Gott ihn, aus eben diesem Grunde, noch nicht zu sich holen, sondern weiterhin eher leiden als weiden lassen im »irdischen Jammertal«?

Die Tatsache, dass es auf derlei Fragen eine oder keine Antwort gibt, macht sie zu existenziellen und, solange unser Geschlecht, ich meine das der Menschen, auf Erden haust, zu ewigen; und sie, diese Tatsache, ändert auch nichts daran, dass selbst ein erklärter Atheist wie Schulz sich der Deutung, sein Über-Leben sei kein (mehr oder minder dummer) Zufall, sondern ein *Glücksfall,* vielleicht gar ein *Segen* gewesen, kaum entziehen konnte.

Kriege fressen Menschen, am liebsten männliche, die dann, soviel weiß jedes Kind, *Soldaten* sind. Soldaten töten feindliche Soldaten oder werden getötet von denen. Sie töten auch *Zivilisten,* wie die Nicht-Soldaten während Kriegen heißen, Kinder, Frauen, Greise; im Militärjargon nennt man das *Kollateralschaden* oder, etwas weniger zynisch, *humanitäre Katastrophe.* Viele dieser versehentlich oder aus religiösem Wahn oder Rachsucht oder Feigheit – oder all dem zusammen – Getöteten waren und sind Kinder. Und manche Soldaten waren und sind ebenfalls Kinder. Für diese wiederum prägte, wer immer, den Begriff *Kindersoldaten,* ein zweigliedriges Substantiv, eines jener Komposita, die zu bilden die deutsche Sprache bereitwilliger als andere Sprachen einlädt und die so schön ökonomisch sind. Kindersoldaten, das Wort löst, sobald wir es lesen oder hören, bestimmte Assoziationen aus. Wir imaginieren, was unser Gedächtnis dazu gespeichert hat: In irgendeiner afrikanischen Pampa posieren, mit ernstem Blick und Sturmgewehr vorm Bauch, ein paar dunkelhäutige Jungs, denen man am liebsten die Knarren abnehmen und einen Teller Butterbrote vorsetzen würde. Aber manch einem erscheint, wenn er an Kindersoldaten denkt, vor seinem inneren Auge womöglich auch dies ovale Miniaturbildnis, das der – zweifellos hellhäutige – zu dem Zeitpunkt bereits dreiundzwanzigjährige Heinrich von Kleist Wilhelmine von Zenge schenkte, das einzige ihn ganz gewiss darstellende, wiewohl der Porträtierte selbst es eher skeptisch sah. Doch was sah er nicht so, es sei denn, er war wieder einmal – und bald vorübergehend – schwärmerisch beseelt von einem Menschen, begeistert von einer Idee, einem Plan, etwa dem, das Leben, vor allem das eigene, zu ändern, womöglich zum Besseren hin. Über die weichen Züge, die Peter Friedel diesem Bildnis verlieh, ist viel geschrieben und gesprochen worden, ebenso über die ihm vermutlich ähnlichere, künstlerisch souveräner geratene Zeichnung, die seine ehemalige Verlobte etwa zwanzig Jahre später anfertigen ließ, wahrscheinlich nach einer Skizze oder einer Kopie von dem kleinen Porträt, das sie Kleist, als das Verlöbnis nicht mehr bestand, ja zurückgesandt hatte. Auf dieser anonymen Kreidezeichnung sind, anders als auf Friedels Bildnis, im Antlitz des Dichters Narben zu erkennen; eine scharf geschnittene Scharte unterhalb des Jochbeins, die ein Schmiss sein könnte, womöglich das Indiz für Kleists Mitgliedschaft in einer schlagenden Verbindung. Die zweite Narbe aber, jene, die als Kahlstelle in der linken Augenbraue sichtbar ist, lässt sich *so* nicht erklären. Kleist war sechzehn, nach heutigen Maßstäben mithin noch nicht heraus aus dem Alter eines älteren Kindersoldaten, als er, 1793, an den Schlachten bei Pirmasens und Kaiserslautern teilnahm. Hat er dort bloß herumkommandiert? Eher nicht, als »popliger« Gefreiter-Korporal. Oder war auch er in den einen oder anderen Mann-gegen-Mann-Kampf, eben einen *echten physischen* »Zweikampf«, verwickelt gewesen und hatte sich dabei eine Verwundung zugezogen, von der ihm diese Narbe blieb? Hatte er mithin selbst Feinde verletzt oder gar getötet? – Und *was* oder *wer* waren diese Feinde – generell, in der konkreten Situation und danach? Waren es *seine* Feinde? Die Feinde *Preußens*? Die Feinde des gesamten *Vaterlands*? *Der Feind* schlechthin? Ja, genau, der war's! Und *man*, auch ein Mann namens Heinrich von Kleist, nannte ihn in seinem, mit den prächtigsten Untier-Metaphern gespickten, »Kriegslied der Deutschen« beim für lange Zeit gebräuchlichen Namen: »Nur der *Franzmann* zeigt sich noch / In dem deutschen Reiche; / Brüder nehmt die Keule doch, / Daß er gleichfalls weiche«. Dazu, ob er, der sich zweifellos als einer dieser »Brüder« verstand, *eigenhändig* einen oder mehrere französische Soldaten auf diese oder andere Art umgebracht hat, lässt sich nirgends ein *eindeutiger* Hinweis finden; aber anzunehmen ist es allemal, denn die französischen Bataillone – über die Generalmajor Kronprinz Friedrich Wilhelm notierte: »Erster Anblick nicht vorteilhaft. Kein gleicher Anzug, nichts Poliertes, Geputztes, kein Glanz und kein Schimmer« –, diese französischen Bataillone verloren allein in den Schlachten von Pirmasens immerhin »4000 Mann und 20 Geschütze«, während die Preußen lediglich »6 Offiziere und 148 Mann an Toten und Verwundeten« zu beklagen hatten. »Da der Verlust der Garden nirgends angegeben, ist es wahrscheinlich, dass sie einen solchen überhaupt nicht gehabt haben«, heißt es in der Regimentsgeschichte. – Wie dem auch sei, diese Erlebnisse, eine Pubertät unter Männern, genauer Kameraden, von denen die meisten, zumindest die meisten

Offiziere, nicht nur gezwungen, sondern bereit waren, die eigene Haut zu riskieren und zu töten, selbst ihre Untergebenen, wenn die den Gehorsam verweigerten, müssen für Heinrich von Kleist prägend, ja, traumatisch gewesen sein. Da liegt es nahe, ihn, der blutjung seine »Feuertaufe« bestand und sieben Jahre später auf jenem Verlobungs-Porträt trotzdem noch derart lausbübisch ausschaut, einen Kindersoldaten zu nennen. Doch ein *Soldatenkind,* eines, das zehnjährig seinen Majors-Vater und drei Jahre später auch die Mutter verlor, das war er nun ganz gewiss. Mit welchen Augen als eben denen, die früh und lange genug den Tod real gesehen hatten, mit welchen Ohren als denen, die den Schlachtenlärm und – »Bassa Manelka!« – die Flüche der Gemeinen gehört hatten, doch auch die Töne, die er seiner Klarinette zu entlocken wusste, sollte Kleist ans Werk gehen, sein eigentliches, jenes geniale literarische Werk, das seither Leser in der ganzen Welt bannt, erregt und verstört, einer Welt, die ihm »ein Krieg war«. – Ja, was denn sonst?! Und nicht nur ihm und nicht nur im Präteritum ... »Die Welt war Kleist ein Krieg« im Sinne von *nichts als ein einziger Krieg.* Die militärische *Realität* aber hatte ihn ernüchtert, wenn nicht gar erschüttert; und so wollte und konnte er *seinen* Krieg – oder *jeden* seiner Kriege, denn welcher Kleist-Text wäre keiner – bald nicht mehr draußen im Felde führen, wo laut Schiller »der Mann noch was wert ist«, sondern fortan auf andere, bis zu dem Mord an Henriette Vogel und sich selbst, *unblutige* Art: drinnen, in seinem Kopfe und seiner Seele, die eh keinen

Frieden fanden, weiterhin eigenhändig gleichwohl, nur nicht mehr mit der Klinge, sondern mit der Feder – oder eben doch mit der Keule, einer bloß sprachbildlichen allerdings, auf die ich nochmals zurückkommen werde.

Während der letzten drei Jahre habe ich vieles von und über Kleist gelesen; manches kannte ich bereits, anderes war mir neu. Und eigentlich wollte ich den zahlreichen Interpretationen seines, trotz all der Briefe, die er schrieb, so verschlossenen und rätselhaften Lebens keinen weiteren Deutungsversuch hinzufügen. Eigentlich, doch je länger ich ihn las und wieder las, umso mehr gewann ich den Eindruck, dass Kleist, der sich – in seinem Werk – nicht in seinen Briefen, jeder Deutung enthielt und stattdessen mehr oder weniger *fiktive Fakten* schuf, das Deutungsbedürfnis seiner Leser aber sehr wohl bedient, und sei es nur, um jeden dieser Deutungsanläufe dann gleich wieder zu konterkarieren, genau dies fordert: Interpretation, Spekulation, die ja nichts anderes sind als Deutung. Denn das, Spekulationsmaterial, Deutungsfutter, überraschende Wendungen, schwierige, unsere Intelligenz auf die Probe stellende Rätsel, macht Literatur erst richtig nachhaltig, unvergesslich für alle Zeiten. – Aber *reines* Kalkül war es nicht. – Bei Kleist, das gewiss nicht! Dass er sich seiner selbst und der ihn unmittelbar umgebenden, damals nun wirklich wüsten Welt kaum einmal sicher sein konnte, nicht in den euphorischsten Momenten, kam hinzu oder ging dem voraus. Dennoch war er sich der in ihm wie um ihn herum herrschenden komplizierten Antagonismen und der daher rührenden Ungewissheit und Unberechenbarkeit, auch des eigenen Charakters, weitgehend bewusst; derart, dass ihm nichts übrig blieb als sich zu offenbaren, womöglich *nur* in seiner Literatur, also nur jenen, die bereit waren und sind, die Einsamkeit, in der er seine Zweifel am menschlichen Sein zu Papier brachte, *lesend* zu teilen. Aus dem Schreiben ergab sich ihm die Notwendigkeit, die ihn (und jeden von uns) beherrschenden Widersprüche, die heimlichen und unheimlichen Sehnsüchte, die empfangenen und ausgeteilten Kränkungen, die einander folgenden und doch mit unverdauten, älteren angereicherten Erfahrungen zusammenzufügen, ja, zusammenzuzwingen, sie, so seltsam dies Wort, auf Kleist gemünzt, klingen mag, zu *ordnen*. Dem Kampf um Lösungen für dieses Problem, das auch ein echter Antagonismus ist, entwuchs die viel beschworene Besonderheit seiner Syntax, das unverwechselbar Kleist'sche seiner Stücke und speziell seiner Erzählungen. Und irgendwie ist ihm das Unmögliche, das, womit alle ernstzunehmenden Autorinnen und Autoren zeit ihres Schreibens ringen, *trotzdem* oder gerade *deshalb* gelungen. Welche Meisterin und welcher Meister welcher Sprache, frage ich Sie, hat sich derart stilprägend dem unabweislichen Diktat des Nacheinanders der Buchstaben, mithin des Schreibens *und* des Lesens, einerseits unterworfen und andererseits diesem »Naturgesetz« der Literatur die Komplexität unseres Fühlens und Denkens entgegengehalten? Kleist wusste um die Parallelität und die Gleichzeitigkeit der Ereignisse an ein und demselben Ort und anderswo sowieso, um das Disharmonische unserer Empfindungen, Handlungen, Aussagen. Er wusste, dass es dem Menschen, solange er lebt, kaum möglich ist, Vergangenheit zu erzeugen, also wirklich zu vergessen, weil er das meiste des ihm schon Geschehenen eben nicht abschütteln oder liegen lassen kann, sondern mit sich schleppt – wie ein fließendes Gewässer Treibgut und, bis sie ihm, dem Gewässer, zu schwer werden, sogar Steine. In das, was dem Menschen *augenblicklich* zustößt, wirkt bereits Erlebtes, ja selbst nur Gehörtes oder Gelesenes hinein; so bestimmt die Summe all dessen auch über das Gegenwärtige und das Kommende und sogar darüber, welche Zufälle über einen Menschen herfallen und welche eher nicht.

Und nun, es geht nicht anders, folgt doch noch ein Deutungsversuch, meiner, den ich am »Erdbeben in Chili« vornehmen will, einer von Kleists frühen, um 1806 in Königsberg entstandenen Novellen. Jedes Mal, wenn ich mich über sie beuge, wünsche ich mir, ich wäre eine alphabetisierte Fliege und könnte diese »unerhörte Begebenheit« nicht nur in ihrer Gesamtheit erfassen, sondern – mit einem Blick – auch jede einzelne der ungezählten Facetten, aus denen sie besteht. Aber ich bin, was ich bin, jedenfalls keine solche Fliege, und so war mir, diese und weitere Kleist-Novellen wieder lesend, als hätte ich beim letzten Mal etwas nicht bemerkt oder nicht recht verstanden, als sei der Boden, auf dem sich die Handlungen und auch die Protagonisten selbst bewegen, tückisch elastisch, wie die mehr oder weniger meliorierten Sumpfböden Brandenburgs. Gefahren wird ausgewichen, doch der Rettung verheißende Umweg birgt jeweils bloß neue, und am Ende führt alles ohnehin unentrinnbar zum Tode. Figuren, die mir der Autor ans Herz geschrieben hat, lässt er schließlich sterben im Moment des größten Glücks oder kurz davor; die Aufschübe, die er ihnen gewährt, sind nur erzähldramaturgisch von Bedeutung, und lediglich ein Nebenheld oder ein Kind darf ab und an überleben.

Es ist ein symptomatischer Treppenwitz der Geschichte, sowohl der Lebensgeschichte des Heinrich von Kleist als auch jener Geschichte, die er uns erzählt, dass sich der Dichter 1807, da Johann Friedrich Cotta die »Scene aus dem Erdbeben zu Chili« im »Morgenblatt für gebildete Stände« erstmals veröffentlichte, in einer Situation befand, die der seines Jeronimo zu Beginn der Novelle ähnelt: Er war eingekerkert, von der Welt abgeschnitten. Und wie Jeronimo entkam Heinrich, wenngleich nur aus Frankreich nach Deutschland, wo dann allerdings auch weiteres Unheil über ihn herein- und er unter sich zusammenbrach, wieder einmal. Im Unterschied zu seinem Erfinder hatte Jeronimo Rugera, ein Spanier, ein Fremder, und, noch suspekter, ein dem Volke der Eroberer zugehöriger Fremder, jedoch sehr wohl etwas verbrochen, etwas, das Cottas *gebildeten Ständen* übel aufgestoßen sein muss und sogar uns Heutige verwerflich dünkt, etwas, das Kleist, aus Gründen, über die genug Gerüchte im Umlauf waren und sind, niemals fertiggebracht hätte: Jeronimo, der Lehrer, ein junger Lehrer zwar, aber eben ein Lehrer, ein, wie sich vermuten lässt, juristisch und humanbiologisch, also auch *sexuell* einigermaßen aufgeklärter Mann, hatte sich an Donna Josephe, seine minderjährige Schülerin, die einzige Tochter des reichen Don Henrico Asteron, herangemacht. Es wurde ruchbar und Jeronimo entlassen. Das hinderte ihn allerdings nicht, sein Verhältnis mit Josephe aufrechtzuerhalten. Und weil ihr Bruder sie verpetzte, wurde Donna Josephe bald ebenfalls ihres Vaterhauses ver- und ins »Karmeliterkloster unserer lieben Frauen vom Berge« eingewiesen, wo sie für den Rest ihrer Tage bleiben sollte. Doch damit noch immer nicht genug; durch etwas, das Kleist nicht *Liebe,* sondern ironisch einen »glücklichen Zufall« nennt, gelang es dem lüsternen Ex-Lehrer »hier die Verbindung von Neuem anzuknüpfen« und Josephe in einer »verschwiegenen Nacht« unter den Bäumen des Klostergartens flachzulegen. Wohl mag jene Nacht verschwiegen gewesen sein, die weibliche Natur und der Autor sind es nicht. Neun Monate später, perfiderweise am Tag des Fronleichnamsfestes, während der feierlichen Prozession und gerade bei dem »Anklange der Glocken«, sank die Novizin Josephe in »Mutterwehen auf den Stufen der Kathedrale nieder«. Dort, vor aller Augen, brachte sie ihren Sohn Philipp zur Welt. O Schande – für die »junge Sünderin«, die Sippe der Asteron und das Kloster! Selbstverständlich warf man sie sogleich ins Gefängnis, wohl in ein anderes als ihren Verführer. Das Einzige, was die Äbtissin des Klosters beim Vizekönig noch erreichen konnte, war, dass dieser den Feuertod, der auf eine solche Ungeheuerlichkeit stand, »abmilderte« zur öffentlichen Enthauptung. Welche Strafe Jeronimo zu erwarten gehabt hätte, wenn das verheerende Erdbeben ausgeblieben wäre, teilt uns der Dichter nicht mit, dafür jedoch, dass die Fenster der Straßen, durch die der Hinrichtungszug führen sollte, »vermietet« und »die Dächer abgetragen« wurden. Der »gefürchtete Tag erschien«, die Glocken ertönten, und die Freude des Volkes auf die »göttliche Rache« war ebenso groß wie Jeronimos Verzweiflung. Sein Kopf steckte schon in der Schlinge des Stricks, den »ihm der Zufall«, aber eigentlich Heinrich von Kleist, »gelassen hatte«, da brach sie aus, die Naturkatastrophe.

Eine Naturkatastrophe, genau! Das soll Kleists Leserin, wie ich mich der Einfachheit halber ab jetzt nenne, getrost annehmen: Was hier geschah, war kein Krieg, nichts Menschengemachtes. Noch darf die Leserin ja nicht einmal ahnen, dass sie es mit der – meisterhaft gerafft erzählten – Trilogie des »Umsturzes aller Verhältnisse« zu tun bekommt, und dass es von der Naturkatastrophe über die »wahre Natur des Menschseins« bis zur Naturgewalt eines Mobs von Totschlägern am Ende nur zwei Schritte gewesen sein werden. Ganz nach dem Willen des Heinrich von Kleist, der, selbst wenn er Prosa schrieb, durch und durch Dramatiker war, vertraut die Leserin zunächst der historischen Tatsache, dass St. Jago 1647 in Schutt und Asche fiel. Es war ein Erdbeben, Punktum, und nicht etwa die Folge eines heimtückischen Angriffs englischer Piraten oder der Brandschatzerei eines rasenden Rosshändlers, also das, wofür es auch die meisten der Überlebenden hielten, ein Werk Gottes. – Stopp! – Vermuten wir Gott nicht eher oben, dort, wo angeblich alles Gute herkommt, und, wenn uns der liebe Gott doch einmal zürnt, Blitze, Donner, Sintfluten? Ein *Erdbeben* aber, deswegen heißt es ja so und nicht *Himmelsbeben,* kam und kommt immer von unten, obgleich die Steine, aus denen St. Jago gebaut war, natürlich von *oben* auf die Bewohner herabfielen. Und *unten,* das glauben zumindest die Katholiken, befindet sich die Hölle. Was also ist, nach solcher Logik, ein Erdbeben? Gottes Strafe oder Teufels Lohn? Und wen wollte Gott strafen beziehungsweise der Teufel belohnen? Die lasterhaften Eltern des Babys Philipp? Oder deren Richter und Claqueure, von denen auch keiner ohne Sünde gewesen sein dürfte, wiewohl nicht *sie* die Steine geworfen hatten, weder den ersten noch den letzten.

Gut, eine Naturkatastrophe ist kein Krieg, doch vorerst auch kein Grund zum Aufatmen, nicht für Josephe, nicht für Jeronimo, nicht für mich, die Leserin, nicht einmal für Kleist, dem nach eigenem Bekunden »Metapher und Formel« eins waren und dessen Lust, Spannung zu erzeugen, seine Fähigkeit zur Empathie bei Weitem überstieg und sich in all seinen Novellen, auch in dieser, auf das Nötigste beschränkt, damit wir sie bloß nicht weglegen! Außerdem waren Erdbeben zu Kleists Zeiten schlimmer und gefürchteter als selbst Kriege; und die Stunde der Menschengewalt, die des Pöbels und seines

Zorns – jeder, der den Text kennt, weiß es –, die schlägt schon noch, ziemlich genau 24 Stunden später.

Aber erst einmal blieben Jeronimo und Josephe am Leben. Und diejenigen, die den beiden so viel Schlimmes angetan hatten, Josephe gar enthaupten lassen wollten, lagen mausetot unter den Trümmern; ihre Ordnung war dahin, die politischen wie die kirchlichen Machtzentren weitgehend vernichtet. Jeronimo, der entschlossen gewesen war zum Selbstmord aus Scham – oder doch aus Liebe(?), das Wort kommt *pur* nicht ein einziges Mal vor in dem Text, nur in zwei Varianten, die sich beide auf den kleinen Philipp beziehen –, erlangte das Bewusstsein wieder, ging umher und traf verwirrte Menschen, die er fragte, ob die Hinrichtung vollzogen worden sei. Ja, entgegnete ihm eine Frau, an deren Brust zwei Kinder hingen. Soll doch die Leserin wieder die Hoffnung verlieren, für wenige Minuten – der dank seiner wundersamen Errettung euphorische Jeronimo, obgleich er »heißeste Tränen« vergoss – behielt sie ausnahmsweise und suchte schlechten Gewissens weiter Donna Josephe. Ganz anders diese, der Jeronimo erst nach dem Kind »das liebste auf der Welt war«. Gottlob nicht enthauptet, aber dennoch kopflos stürzte Josephe »dem nächsten Tore zu« und rettete ihr und sein Baby, an das Jeronimo bislang keinen Gedanken verschwendet hatte, im letzten Augenblick aus dem »von allen Seiten schon zusammenfallenden« Kloster. Die Leserin ist erleichtert und darf darum Josephe – oder Maria – mit dem Kinde folgen in eine wahre Idylle. Nein, besser, es wird, zumindest ein paar Seiten lang, für sie, was es für Josephe war, die Rück- oder eher Einkehr in eine Art Garten Eden, den ihr Kleist aber – leider oder glücklicherweise – nur als *irdisches* Paradies präsentiert. Einige der Überlebenden, Menschen jeden Standes, hatten sich in dies »zauberhafte, von Pinien beschattete« Tal bei St. Jago geflüchtet. Nirgends als ebendort, so lenkt Kleist, um die Freude der Leserin noch zu steigern, den Lauf der Dinge, begegnete Josephe ihrem Jeronimo wieder, der nun, »da er seinen Sohn nun zum ersten Male sah (...) diesen in unsäglicher Vaterfreude« küsste. Jetzt war die kleine, illegitime Familie vollständig, ach was, vollkommen, vollkommen glücklich, und die »schönste Nacht, so silberglänzend und still, wie nur ein Dichter davon träumen mag« herabgestiegen. Im »Schimmer des Mondlichts« bereitete man sich »sanfte Lager von Moos und Laub, um von einem so qualvollen Tage auszuruhen. Und weil die Armen immer noch jammerten; dieser, daß er sein Haus, jener, daß er Weib und Kind, und der dritte, daß er alles verloren habe: so schlichen Jeronimo und Josephe in ein dichteres Gebüsch, um durch das heimliche Gejauchz ihrer Seelen niemanden zu betrüben.«

Doch ich will den Hergang dieser Ihnen ohnehin geläufigen Novelle nicht zu minutiös nachverfolgen, darum nun kurz und bündig und fortan im Präsens: Donna Josephe und Jeronimo brechen nicht auf, um sich einzuschiffen gen Spanien, wo er Verwandte hat. Warum auch? Sind ihnen jene in diesem Tal, die ja alle *ein* Schicksal teilen, nämlich das, mit nichts als dem Schrecken davongekommen zu sein, nicht näher verwandt? Der *kleinen* Familie, bestehend aus Kind, Mutter, Vater, so die Hierarchie bei Kleist, die mehrfach überlebt hat, die Mutter das ihr bestimmte Los, der Vater das selbst gewählte und alle drei das »Ende der Welt«, gelten die gleich ihnen verschont Geblieben als eine *große*. Und diese große Familie von »Fürsten und Bettlern, Matronen und Bäuerinnen, Staatsbeamten und Tagelöhnern« sieht die das nicht genauso?! Hätte Gott in seiner allmächtigen Liebe Philipp, Josephe und Jeronimo denn errettet, wenn sie tatsächlich schuldiger wären als die um sie Herumsitzenden? Aus Josephe aber, der furchtlosen Donna Josephe, macht unser Dichter nun endgültig eine heilige Hure, mehr noch, er erhöht sie zur Metapher für allumfassende Mütterlichkeit, dem Inbegriff dessen, was einzig noch Bestand hat auf diesem von Erschütterungen jeglicher Art nahezu permanent bedrohten Planeten – und das mit *einem einzigen* Satz, einem Halbsatz nur, der eine ebenso konkrete wie symbolische Geste beschreibt, und die wiederum lässt tief blicken, diesmal auch in die Seele des früh verwaisten Heinrich von Kleist: (Ma-)*Donna* Josephe nimmt Juan, den Knaben der verletzten Donna Elvire, indem sie ihr eigenes Kind Juans Vater Don Fernando reicht, und legt ihn »an ihre Brust«. – Don Fernando Ormez und die Seinen sind gerührt; herzlich, in diesen adligen Kreisen kannte man einander ja schon vor Josephes und der folgenden Katastrophe, wird die gerade noch so Schandbare und etwas verhaltener auch der zu ihr gehörende Ausländer

Jeronimo, der kein *Don* ist, in die Gesellschaft aufgenommen – oder wiederaufgenommen: Die legale Familie legalisiert die illegale. Von Jeronimos und Josephes anfänglicher Amnesie bis zur vermeintlichen Amnestie für die beiden bedarf es nicht einmal zweier, sondern nur eines Schrittes. So einfach kann es sein – oder hätte es sein können: Lasset ein gewaltiges Beben kommen, dass Gerechte wie Ungerechte auslöscht, aber auch die bisherigen Strukturen, und gebt alle Macht den Müttern, denn die sind das Prinzip Überleben, solange Natur und Menschheit existieren. Die schlimme Zeit vor dem Beben hat Josephe, wie es ihr nun scheint, nur geträumt, während das hier jetzt die Wirklichkeit ist.

Aber nicht allein die Liebe, auch der traumwandlerische Glaube an das – vielleicht ja doch nicht völlig unverdiente – Glück, nicht gestorben, sondern wohlgelitten und *gebraucht* zu sein von derart prächtigen Menschen, macht blind und taub – und womöglich dumm. Warum sonst setzen sich Donna Josephe und Jeronimo hinweg über die Warnungen der Donna Elisabeth, die patenten Frauen heißen bei Kleist öfter mal Elisabeth oder Liesbeth, und begeben sich gemeinsam mit den zwei Babys und ihren neuen Freunden in die Kirche? Zurück bleiben nur die verletzte Donna Elvire, ihr Vater und ihre Schwester Donna Elisabeth, die Baby Philipp, ach, beide Säuglinge, gern bei sich behalten hätte, wenn Philipps Geschrei nicht gar zu kläglich und Don Fernando nicht gar zu stolz auf seinen Juan gewesen wäre. Aber ach, sage ich nochmals, dieses Kleist'sche »Ach«, in dem immer schon das letzte ausatmende Aufstöhnen mitschwingt, das ich alte Hilfsschwester so oft vernommen und bis heute im Ohr habe; ach, die Kirche, genauer der Dominikanerdom, er, als Einziger von all den Kirchen St. Jagos, war heil geblieben. Kleist hat ihn extra stehen lassen für sein schauerliches Finale. Als die aus dem Tal dort ankommen, lässt sich »die Orgel schon mit musikalischer Pracht hören« – und bei mir, der Leserin, läuten die Glocken, sämtliche Alarmglocken, denn ich bin ja nicht im Glückstaumel, sondern auf der vorletzten Seite der Erzählung, die nun in sich überschlagenden, einander das Wort abschneidenden Sätzen mit kometenhafter Geschwindigkeit ihrem Ende und dem von gleich vier der mir so vertraut gewordenen Figuren entgegenrauscht. Grafisch oder meinetwegen seismografisch dargestellt, gliche »Das Erdbeben in Chili«, besonders das Schlusskapitel, einem im Zorn hingekritzelten, vielfach gezackten Blitz (Kleist nannte diese Form der elektrischen Entladung tatsächlich einmal den »Griffel Gottes«). Wieder aus dem Sprach-Bild genommen und rückübertragen auf die Novelle entstand das, was ich eben als gezackten Blitz sah, jedoch nicht jäh, nicht exzessiv, sondern durch syntaktische, nur scheinbar unwillkürlich immer mal kurz die Laufrichtung ändernde, insgesamt aber deutlich abwärts weisende Winkelzüge. Nein, genau genommen haben diese Novelle und deren Schluss nichts Blitzartiges. Der gesamte Text ist das Resultat präzise durchgespielter, strategisch kühler stilistischer Kalkulation. *Berechneter* Zufall, wenn es so etwas gibt, dann bei Kleist! Einer der »ältesten Chorherren« des Predigerordens der Dominikaner, die sich auf die Ketzerjagd im Dienste der Inquisition bekanntlich so gut verstanden, dass man sie »die Hunde des Herren« schimpfte, hebt seine zitternden Hände gen Himmel, salbadert, da er das ja draufhat, mit Donnerstimme von der »Sittenverderbnis« der Stadt, von »Greuel, wie Sodom und Gomorrha sie nicht sahen« und erwähnt, einmal in Fahrt geraten, auch »des Frevels, der in dem Klostergarten der Karmeliterinnen verübt« wurde. Don Fernando, der die Satansbraten um sich herum seit geraumer Weile riecht, animiert Schwägerin Constanze, eine Ohnmacht vorzutäuschen, damit er, seine Gruppe im Schlepptau, auf unhörbaren Zehen entweichen könne. – Zu spät! – »Hier, ihr Bürger«, brüllt einer, sind »diese gottlosen Menschen«. Und Pedrillo, der Schuhflicker, er hat Josephe im Blick und kennt »diese wenigstens so genau als ihre kleinen Füße«, tritt das Inferno los, erhebt sich zum »Fürsten« der »Ungeheuer«.

Wer, frage ich den Dichter, Sie und mich, sind diese »blutdürstenden Tiger«? Etwa jene »Armen«, die ihr Haus, ihr Weib und ihre Kinder verloren haben, manche sogar alles? Sie sind es! Und das – ihnen ja doch gebliebene – nackte Dasein, wissen sie nicht zu schätzen? Nein! Denn sie kennen nicht die Freude von zweien, die eigener Frevel wegen sterben sollen oder sogar wollten und dann davonkamen, weil eine Laune der Natur oder Gott oder ein Dichter es so fügte. Diese »Armen« wähnen sich bestraft, obwohl sie nichts verbrochen haben. Und wenn sie schon bestraft wurden, braucht es dann nicht einen Grund dafür – und lässt sich der nicht auch nachträglich schaffen?! Sie sind wütend; sie stehen, ob der Beschwernisse des Lebens, dem schon vor dem letzten und größten all ihrer Missgeschicke nicht besonders lustigen, derart unter Druck, dass ihnen bei der erstbesten Gelegenheit Dampf abzulassen die Ventile aus den nie ganz zugewachsenen Fontanellen fliegen. Die Mordlust, die sie gepackt hat, muss gestillt werden, egal welche Konsequenzen das nun wieder haben mag. Die alten Richter sind tot, es leben die neuen, die nicht einmal von ihresgleichen in dies Amt Berufenen. Was soll's?! Diese Armen sind halt auch nur Menschen – und schämen sich dessen nicht. Also drauf auf die edlen Weiber, die sich ja immer mehr herausnehmen durften als die gewöhnlichen, und drauf auf deren Brut – und drauf auf die Männer, die, adlig oder nicht, so was beschützen. Immer drauf mit den Keulen, die kein anderer als Kleist dem Volk in die Hände drückte. Gerade diese urgermanische Tatwaffe ist unserem Dichter jetzt *die* des »unbegreiflichen Weltgerichts«, des Gesindels also, zu dem er sich durchgerungen und -geschlagen hat, selbst wenn er es nicht dezidiert ausspricht. Denn jetzt, am Ende der Novelle, beginnt *wirklich* der »Umsturz aller Verhältnisse«, keine Revolution, aber eine Revolte – immerhin. Nicht einmal einer wie Don Fernando, ein Mann *und* Offizier (oh Ideal Kleist'scher Jugendträume), der, »ein Löwe wehrt sich nicht besser«, das geliehene Schwert führend im Dienst der ihm heiligen Werte von

Mütterlichkeit und Familie noch sieben »Bluthunde« niederstreckt, kann verhindern, dass die Zeit der feudalen Klinge vorbei und die der plebejischen Keule angebrochen ist. Auch in der »Hermannsschlacht«, der »Familie Schroffenstein« oder der »Verlobung in St. Domingo« kommt, wie László F. Földényi schreibt, »die Keule denen gelegen, die einer unterschwelligen Spannung oder aufgestauten Verdrängung ein Ende setzen« müssen, denen, »die sich schwach fühlen und sich deshalb mit dem Glauben Mut machen, dass Gott auf ihrer, und zwar ausschließlich auf ihrer Seite steht«.

Und so werden sie gekeult (das Wort begegnet uns sonst nur noch in Meldungen über Massenschlachtungen infolge von Viehseuchen): Donna Josephe inbrünstig, Donna Constanze versehentlich und Jeronimo Rugera vom eigenen Vater. Nur Baby Juan, das der Pöbel versehentlich für Baby Philipp hält, trifft es noch ärger, dessen Kopf zerschmettert der rasende Schuster an einem Kirchenpfeiler. Ein Gefängnispfeiler war es, an dem sich Jeronimo hatte aufhängen wollen ... Immerhin, etwas bleibt ja – von ihm und der wunderbaren Donna Josephe: der aus ihrem womöglich Besten, nämlich aus ihren vitalen Genen, hervorgegangene Philipp, die Vollwaise, der »kleine Fremdling«, den Don Fernando und Gemahlin »zum Pflegesohn« annehmen. » ... und wenn Don Fernando Philippen mit Juan verglich, und wie er beide erworben hatte, so war ihm fast, als müßt er sich freuen.« Wer sich freuen *müsste,* der *kann* sich nicht freuen, wiewohl das Erworbene ein Geschenk ist? Ein

Gottesgeschenk oder eins des Zufalls? Sollen wir alle Zufälle, auch die von Kleist konstruierten, als gottgewollt begreifen? Oder als Blasphemie?

Worin besteht das Geheimnis dieses oft gedeuteten, noch und noch und nochmals umgedeuteten letzten Satzes? Ich weiß es nicht. Einzelne Schicksale, ob nun das der Donna Josephe und das des Jeronimo oder das des Don Fernando und seines Adoptivsohns Philipp oder die seiner sonstigen Protagonisten, waren Kleist, denke ich, bloß für die jeweilige Geschichte wichtig, nicht für die Menschheitsgeschichte, die ihn sicher mehr interessierte. Vielleicht ist dieser Satz eine Sphinx, vielleicht nur eine polemische Figur, eine hübsche rhetorische Schleife, mit der er seiner Leserin – Leserinnen sind ja nicht selten auch Mütter – am Ende doch noch etwas Trost spenden und sie dann ins Bett schicken will. Aber ein weiteres und, da es das letzte – zumindest dieser Novelle – ist, verdammt kniffliges Rätsel sollte jener Schlusssatz schon sein (oder vortäuschen), eins, das die von all dem Auf und Ab und So und Anders ermattete Leserin daran hindert, gleich einzuschlafen und Heinrich von Kleist, der sich selbst Rätsel genug war, nun doch mal zu vergessen, für ein paar Stunden nur. Denn sobald der Morgen *graut,* wird sie erwachen und weiterlesen, die nächste Novelle ihres Lieblingsdichters.[1]

---

1 Katja Lange-Müller, Dankesrede zur Verleihung des Kleist-Preises 2013, in: Kleist Jahrbuch 2014, Stuttgart/Weimar, 2014, S. 12

Vielen Dank dafür, dass Sie mir so geduldig Ihre Ohren geliehen haben. Das kommende und letzte Mal werde ich wieder nur von mir sprechen, genauer davon, warum und wie ich meinen neuesten, wieder ziemlich kurz geratenen, aber immerhin 216 Seiten starken Roman »Drehtür«[1] schrieb.

---

1 Katja Lange-Müller, »Drehtür«, Roman, Köln, 2016

V

Das, was ich in dieser letzten Vorlesung sagen möchte, können Sie zudem als eine Art Einstimmung auf den morgigen Abend im Frankfurter Literaturhaus verstehen, die Premiere-Lesung aus einem Roman, der noch gar nicht erschienen ist und »Drehtür« heißt.

Oh doch, ich hatte es in meiner ersten Vorlesung angekündigt und ich werde mich daran halten; wiewohl ich die ganze Zeit über von nichts anderem gesprochen habe und wiewohl das Lesen, von dem ich ja ziemlich viel erzählte, ein wesentlicher Teil der Arbeit eines jeden Schriftstellers ist, weil das, was er liest, natürlich auch mitbestimmend ist für die Poetik, zu der dieser Schriftsteller findet und sich bekennt, mindestens ebenso wie die eigene Biografie, also das, was ihm geschieht, was er, genauer gesagt, zeit seines Lebens wahrnimmt oder halt verdrängt und darum ausblendet. Nun birgt Schreiben allerdings immer die Gefahr, dass es, mit des Autors Einverständnis und sogar ohne dieses, grade das Verdrängte zutage fördert. Und wenn ein Autor nicht komplett dichtmacht, wird er sich während des oft langwierigen Schreibprozesses (etwa beim Verfassen eines Romans) den Einflüssen der Gegenwart nicht verschließen können. Die Wirklichkeiten, die privaten wie die gesellschaftlichen und die politischen, verschwinden ja nicht in der Zeit, die unsere Texte uns abverlangen. Wir essen, reden, schlafen mit denen, die uns die Nächsten sind, wir lesen Zeitung, hören Radio, sehen fern. Auch richtig krasse Zäsuren kommen vor: Wir werden verlassen; eine Gefahr übrigens, der grade die meist so abwesend und egozentrisch wirkenden Schriftsteller ausgesetzt sind, keinesfalls unberechtigterweise, denke ich. Oder wir verlieben uns neu, oder jemand, der zu uns gehörte, wird schwer krank, ein anderer gar ermordet; Flüchtlinge kommen ins Land, ein Brexit steht bevor, die Erdoğan-Diktatur in der Türkei, wo ich ja elf Monate lebte, nimmt immer dramatischere Ausmaße an und Ähnliches mehr.

Dergleichen erlebte selbstverständlich auch ich, als ich – mit Unterbrechungen, die ebenso wenig geplant waren – über Jahre an meinem Roman »Drehtür« saß, der nun, am 11. August 2016, endlich bei meinem Verlag Kiepenheuer & Witsch erscheint. (Inzwischen ist das Buch ja erschienen.)

Wie fing es an mit dieser »Drehtür«? Der Titel war das Erste, was in meinem Kopf war; er stand seltsamerweise schon fest, bevor ich auch nur ein Wort des Textes geschrieben hatte. *Noch* kann ich mich konkret erinnern, doch diese Erinnerungen werden bald verblassen, wie jedes Mal, wenn ein Buch in die Welt entlassen ist, und ebenso schnell verflüchtigen sich die Erinnerungen an die Mühen, die es bereitet hat.

Es geschah meistens nachts oder in den frühen Morgenstunden, und was da geschah, das kennt, so oder ähnlich, vermutlich fast jeder von Ihnen. Vor etwa zehn Jahren, so lange liegen die »Drehtür«-Anfänge zurück, träumte mir, obwohl ich da ja schon seit einer halben Ewigkeit freischaffend war, mehrmals hintereinander und in diversen Variationen, dass ich mich, unterwegs zu einer Nachtschicht auf der geschlossenen psychiatrischen Frauenstation des Klinikums Berlin-Herzberge, verirrt hatte oder aufgehalten wurde oder anderswie daran gehindert, mein Ziel zu erreichen. Ich war mir – im Traum – auch gar nicht mehr sicher, ob ich dort überhaupt noch arbeitete. Was war los? Hatte ich gekündigt und stand trotzdem auf dem Dienstplan? War meine Kündigung ignoriert worden oder gar nicht angekommen? Hatte ich meine Kündigung eventuell zurückgenommen? Oder gar einen neuen Arbeitsvertrag unterschrieben? Jedes Mal, wenn dieser Traum wieder anfing, war eigentlich nur klar, dass ich auf der Station B II dringend erwartet wurde. Wie immer, ich kam dort einfach nicht an und erwachte schließlich – schweißgebadet. Und eines Nachts verließ ich, einigermaßen erleichtert ob der Tatsache, dass ich in der Realität keine Nachtwachen mehr absitzen musste, weder dort noch sonst wo, mein Bett, rauchte, um den Drehschwindel, der mich erfasst hatte, zu vertreiben, eine Zigarette, brühte mir einen Kaffee, rauchte noch eine und fragte mich, was wohl aus mir geworden wäre, wenn ich mich nicht ins Schriftstellerdasein geflüchtet hätte, sondern Krankenschwester geblieben wäre. Sicher, dachte ich, hättest du dich, kaum im Westen gelandet, bei einer internationalen Hilfsorganisation gemeldet. Und wenn die *Ärzte ohne Grenzen* oder *Care Deutschland* oder das *Rote Kreuz* dich genommen hätten, wohin wärest du im Laufe der letzten dreißig Jahre geraten? Was wäre aus dir geworden?

Ja, und am Tag darauf schrieb ich dann die ersten Sätze, zunächst bloß Notizen. Und ich gab der Krankenschwester, die *ich* nicht war – oder die *nicht* ich war (ich war schließlich nur pflegerische Hilfskraft gewesen) einen Namen, den ich allerdings bereits einmal vergeben hatte, an die Ich-Erzählerin einer Geschichte, die sich, wie jetzt eine der Drehtür-Episoden, in Nicaragua zuträgt. »An einem Strand« heißt diese Erzählung; sie ist in dem 2003 bei Kiepenheuer & Witsch erschienenen Band »Die Enten, die Frauen und die Wahrheit« abgedruckt. Um den Titel hat mich übrigens Wilhelm Genazino nach eigenem Bekunden beneidet, doch wohl nur um den Titel.

Diese Geschichte ist etwas, das ich immer mal hatte machen wollen, allerdings so unauffällig wie möglich, eine Parabel nämlich, streng genommen eine Ostergeschichte, die Ingo Schulze, als er etwas sehr Schönes zu meinem Roman »Böse Schafe« äußerte, einleitend so gut beschrieben hat, dass ich, statt sie selbst zusammenzufassen, lieber ihn zitiere:

> In der Erzählung ›An einem Strand‹ fährt Asta, eine Deutsche, gemeinsam mit einem befreundeten Paar nach Nicaragua. Bald bemerken ihre ›kurzsichtigen, vom grellen Sonnenlicht und dem Schlafmangel gereizten Augen‹, die kaum mehr ›Wahrgenommenes und Halluziniertes‹ auseinanderzuhalten vermögen, einen gelben mittelgroßen, stark abgemagerten Hund. Er ist derart geschwächt, dass er immer schon nach wenigen Schritten zusammenbricht, sich dann aber wieder aufrappelt und sich, wenn er sich beobachtet fühlt, mit den Pfoten die Schnauze bedeckt, ›ganz so, als simuliere er einen Menschen, einen verzweifelten Menschen, der am Boden liegt und die Hände über dem Gesicht zusammenschlägt. Ja, dieser Hund war sicher das erbärmlichste Wesen‹, dem Asta ›jemals begegnet war; aber das Seltsamste war, dass er es genau zu wissen schien‹.
>
> Tag für Tag versucht Asta, sich dem Hund anzunähern. Sie bringt ihm zu fressen, zu trinken und bittet – auch das vergeblich – schließlich einen Kellner, ihn doch endlich zu erschießen. Obwohl sich die Erzählung ganz auf das Verhältnis von Asta und dem Tier konzentriert, gerät wie nebenbei Nicaragua mit ins Bild. Als zum Schluss die gereizten Freunde auf die Weiterfahrt nach Costa Rica drängen, will Asta noch schnell ein Foto von dem Hund machen. ›Nicht, weil‹ sie ihn ›sonst verges-

sen könnte, und auch nicht zur Erinnerung; es soll bloß kein Traum gewesen sein‹, fügt sie ›leise hinzu‹. Doch der Hund ist verschwunden.

Die Autorin hat in dieser missglückten Annäherung eine Geschichte entdeckt – eine Annäherung, in der man als Leser trotzdem so etwas wie eine Beziehung zu erkennen glaubt oder erkennen will –, eine Geschichte, die durch Lange-Müllers Erzählkunst zu einer großen Metapher wird. Selbst einmal solch eine Erzählung zu schreiben, wünschte ich mir, wünscht sich wahrscheinlich jeder Autor.[1]

Den zuletzt zitierten Satz dieser Rezension, ach was, dieser Lobeshymne, über die ich mich, zumal sie im *Spiegel* stand, sehr gefreut habe, hätte ich aus Bescheidenheit weglassen sollen. Aber warum eigentlich?

Doch lange bevor ich die Erzählung »An einem Strand« schrieb, in der sich Asta und auch der Sound, den ich dann sozusagen auf den Roman *Drehtür* übertrug, zum ersten Mal zeigten – oder eher hören ließen –, schrieb ich eine andere Erzählung, meine allererste überhaupt. Ich schrieb sie noch als das, was die Asta in meinem neuen Roman auch ist, als Krankenschwester, genauer als Hilfspflegerin, nach der letzten Nachtwache einer Serie von Nachtwachen und am Tresen eines schließzeitlosen Lokals mit dem putzigen Namen »Wein-ABC«. Während jener letzten Nachtwache im

1 Ingo Schulze, in: DER SPIEGEL, 3.9.2007

Monat Dezember des Jahres 1974, kurz vor Weihnachten, war mir zum ersten Mal eine Patientin gestorben, noch dazu eine, die ich gemocht hatte, und die lange auf der Station gewesen war. Ich hatte, was eigentlich nicht zulässig war, diesen Dienst ganz allein geschoben und, als die Frau tot war, den Bereitschaftsarzt wachgerüttelt, denn ich wusste nicht genau, was in einer solchen Situation zu tun war und wie ich die Leiche weiter behandeln sollte. Der Text, den ich in jenem Lokal schrieb und dem ich später den Titel »Manchmal kommt der Dot auf Latschen« gab, strömte in dem Tempo aus mir heraus, in dem der Wein, »Erlauer Stierblut«, in mich hineinströmte. Es war, als habe sich eine Schleuse geöffnet, von der ich nicht einmal geahnt hatte, dass es sie gab. Ohne Unterbrechung, wie seither niemals mehr, schrieb ich hintereinander weg die ganze Erzählung, von der ersten bis zur letzten Zeile, bis ich restlos fertig war – in vielfacher Hinsicht. Als ich das »Wein-ABC« verließ, war es draußen wieder so dunkel wie etwa zehn Stunden zuvor, als ich es betreten hatte. Mir war noch immer schwer ums Herz, aber ich fühlte mich doch irgendwie erleichtert. Ich hatte ein bedrückendes Erlebnis auf Distanz gebracht, es mir buchstäblich *von der Seele geschrieben.* Dass so etwas möglich war, erstaunte und beglückte mich. Denn damals und im Osten war die Supervision, die Menschen in helfenden Berufen bei der Bewältigung ihrer seelisch doch ziemlich belastenden Erfahrungen mit existenziellem Elend und auch dem Tod therapeutisch unterstützt, ja noch gänzlich unbekannt. Und untereinander haben wir uns auch nicht ausgetauscht, das hätten wir als Schwäche empfunden. Nicht einmal mit den uns Nahestehenden sprachen wir über das, was uns bei der Arbeit so zustieß, weder über das Leid unserer Patienten, das wir kaum zu lindern vermochten, noch über unsere Nöte ob dieser Tatsache – und natürlich erst recht nicht über die Schüsseln voll fies schmeckender Quarkspeise, die jene von Aggressionen und Halluzinationen gequälten Patienten gelegentlich nach uns warfen.

Obwohl ich ziemlich sicher bin, dass ich diese Geschichte heute ganz anders oder gar nicht mehr schreiben würde, will ich sie Ihnen jetzt in einer etwas überarbeiteten Version vorlesen, denn sie schildert, bei all der literarischen Unzulänglichkeit, die ihr eignet, recht genau, wie es weiland zuging auf einer geschlossenen gerontopsychiatrischen Frauenstation in der Hauptstadt der DDR.

Manchmal kommt der Dot auf Latschen

Schizo-Omas und senile Demenzen vormals weiblichen Geschlechts schwanken schlaftrunken, in zu großen, abgetretenen Filzpantoffeln oder barfuß, wenn sie keinen ihrer Pantoffeln finden konnten, über die dunklen Flure der geschlossenen gerontopsychiatrischen Frauenstation zum Klo hin. Vorüber an dem Badezimmer, wo hinter angelehnter Tür, zwischen Waschmaschine,

Tropfständern, Eimern, Nachttöpfen, Nagelzangen in Latschenkartons und von Kakerlaken bevölkerten Schränken die rollbare Bahre wartet. Angst, schon wieder einzupinkeln, scheucht die »Crazy Ladys«, wie Frau Dr. Beyer sie nennt, aus ihren eng beieinanderstehenden Betten. Zimmerweise, in gelockerter Gänsemarschordnung, blindlinkisch die Wände abtastend oder nach dem Zipfel eines den gleichen Weg entlangtaumelden Nachthemds grapschend, geistern sie los, mit nichts im psychopharmaka-verkleisterten Kopf als dem Gedanken, oder eher dem Empfinden, dass die Blase geleert werden will; abgerissene Träume hängen an ihren verwirrten Zöpfen wie besoffene Schleppenträger. Vor dem Bad bleiben sie für einen Moment stehen, weil »das Elektrische« blendend durch den Türspalt fällt, doch dann schlingern sie weiter, in ihren schmuddligen, löchrigen Latschen, wie besiegte Seestreitkräfte auf desolaten, aber noch nicht gesunkenen Schlachtschiffen.

Kaum eine schafft es, ihr letztes Paar Latschen zu Ende abzulatschen; die meisten werden es irgendwann abtreten müssen an ihre Nachfolgerinnen. Die Latschen sind Klinikeigentum, und wenn eine sie nicht mehr braucht, wird das Paar, das ihr zur Nutzung überlassen war, der nächsten Sterbekandidatin angetan. Hat ein solches Paar gelbbraunkarierter Latschen der Einheitsgröße 40 das sechste oder siebente Mal vor jenem Lager gestanden, von dem sich keine mehr erholt, wird es aus dem Verkehr gezogen. Dann bekommt der nächste Zugang ein fabrikneues Paar gelbbraunkarierter Latschen Einheitsgröße 40. Immer, wenn eine verschieden ist, werden die Latschen aller Patientinnen umsortiert. Und so oft, dass die Tauscherei den Stationsbetrieb maßgeblich stören könnte, wird nun auch wieder nicht gestorben.

Was hilft's, sie finden die Toilette, und wenn schon wer draufsitzt, zum Ausweichen ein Nachtgeschirr, lassen sich nieder und lauschen, falls sie das noch können, dem Fluss der Ereignisse: Nebenan Licht, aber Totenstille, die Schaben warten scheu in ihren Schrankecken; da kann man sich schon denken, was das bedeutet ... Kreuz drauf, man selbst ist es nicht, diesmal nicht.

Zurück in ihre Nester kommen sie schneller, obgleich sie nun nicht mehr nötig pinkeln müssen, und sicherer. »Wer den nächsten Frühling sieht, / hat ein Jahr noch Appetit«, so steht es geschrieben auf dem hölzernen Wandteller, den Susanna, genannt »das Sannchen«, früher, in der Arbeitstherapie, mit einer glühenden Stricknadel bestochen hatte; es ist der Refrain eines Liedes, das ihr liebstes gewesen war.

Das Sannchen, die Susanna Magdalena Dombrowski aus Ostpolen von irgendeinem Kaff an der Weichsel, die Schizophrene, die hochdosierte, das »olle Waschweib«, die ehemalige Weißwäscherin, die Sprüche gereimt, tote Fliegen gesammelt, Schwestern gehauen und einen in Amerika verschollenen Brückenbauingenieur zum Zwillingsbruder gehabt haben soll, einen, der, wie sie im Zorn oft geschrien hatte, »die Station, die Ärzte, die Medizin und überhaupt alles hier bezahlt«, die ist also gestorben – vierundachtzigjährig, unbeobachtet, lautlos, mit einem faustgroßen Dekubitus im Kreuz, kurz vor dem obligatorischen Ein-Uhr-Abtöpfen, an akutem Herzversagen.

Schwester Bärbel, der altgedienten Dauernachtwache und Entdeckerin der vier geriatrischen P – Pusseln, Popeln, Pupsen, Pinkeln –, war der genaue Moment des Dahinscheidens entgangen. Als es passiert sein musste, schälte sie gerade ein »wahres Traumbuch« von einer Omi aus den nassen Windeln, ließ es auf den Eimerstuhl fallen und pfiff ihr norddeutsches »na, denn mach man schön« durch die Lücke zwischen ihren Schneidezähnen.

Nun steht sie drüber und staunt ein bisschen, dass da unter ihren Augen eine Leiche liegt. Dreiundzwanzig Uhr erst hatte sie dem armen Sannchen noch eine halbe Schnabeltasse kalten Muckefucks eigeflößt, »und nu isses auch schon dot. Weiß der Himmel, ob's die kleine Nachtigall noch hat singen hören. Die singt ja heute wieder wie verrückt.«

Ganz versonnen lauscht Dauernachtwache Bärbel durch Omi Bauers permanentes »... jaaa Vaaaterchen, jaaa Vaaaterchen ...« und das »... meine Mutta hat jesacht, da jehste nich hin, hat se jesacht, meine Mutta ...« der blinden Traudel, und all das andere Schnarchen, Stöhnen, Brabbeln hindurch, den süßen Tönen der Nachtigall. »Oder isses bloß'n Sprosser?« Egal, sie legt den Zeitpunkt des Tritts über die Grenze zwischen Sterben und Totsein jetzt mal fest, auf ein Uhr und zehn Minuten.

»Dot is dot, und wen's trifft, dem is schnuppe seit wann. Komisch, nachts werden die meisten Engel. Wohl weil sie sich dann so schön abheben vom schwarzen Himmel, die weißen Seelchen. Richten sich nach den Sternen wie ein Käptn ohne Kompass. Nachts, da ist ihnen der Weg leichter. Und dieser Fischer, Petrus, die traurige Gestalt mit dem großen Schlüssel am Halse, auch nicht mehr der Jüngste, kann sie besser ins Auge fassen, die armen, dünnen Seelchen, die immer gerade dann auffliegen wie lauter Luft, wenn ich meinen Dienst versehe, nachts. Nu haste ausjelitten, unser Sannchen.«

Schwester Bärbel stiert selbstvergessen auf Sannchens einziges Auge, das linke, das vom Grund seiner tiefen, tränengefüllten Höhle silbrig zu ihr heraufblinkt. »Wie ein Groschen im Eimer.« So richtig zum Heulen zumute ist der Bärbel aber nicht; das Höchste, was sie an Rührung erzielen kann, teilt sie verhalten schnaubend ihrem Taschentuch mit. »Alle Nächte irgend son Theater ...«

Leisen, doch emsigen Schrittes wechselt Schwester Bärbel ins Dienstzimmer. Sie muss jetzt den Bereitschaftsarzt verständigen, damit der Sannchens ohnehin offenkundigen Tod legitimiert und die unmittelbare Todesursache feststellt; dann die Krankengeschichte rauslegen, Totenschein, Stethoskop, Halslöffel, Nierenschale. Und alles griffbereit auf ein sauber abgedecktes Tablett geräumt, das sie dem Arzt, der Situation angemessen, wortlos-ergeben entgegenhalten wird, wie das Schokoladenmädchen an einer Wand des Schwesternzimmers

»ihre blöde, vergessene Porzellantasse mit wahrscheinlich längst erkaltetem Kakao«.

In der Mappe, in der die Totenscheine liegen, findet sie auch die »Verhaltensvorschrift für stationsfremde Einsatzkräfte im Falle eines ärztlicherseits bestätigten Todesfalls«. Dauernachtwache Bärbel kann jetzt nichts tun als darauf warten, dass irgendein verpennter Doktor in falsch geknöpftem Kittel angetrödelt kommt. So liest sie, zum vielleicht hundertsten Mal, die vor Jahren von ihr selbst abgetippten und von der ehemaligen Omi Amanda mit ordentlichen Languettenstichen in Igelit gehefteten Anweisungen der Stationsschwester:

DAS HERRICHTEN EINES LEICHNAMS
Zuerst gehören der Toten wassergetränkte Zellstoffgevierte auf die über die Augäpfel gezogenen Lider. Dies ist sofort nach Eintritt des Todes zu tun, da es später nicht mehr problemlos klappen wird. Es ist allerdings, im ureigenen Interesse des richtend Tätigen, darauf zu achten, dass die Hände desselben vollkommen unverletzt sind. Sollte doch eine, wenn auch nur geringfügige Fissur vorhanden sein, so ist das Überziehen von Latexhandschuhen zwingend erforderlich.

Zwischen und während der jeweils nötigen Arbeitsschritte haben Gemütsbewegungen zu unterbleiben. Kann dies, aufgrund von Unerfahrenheit u.ä., nicht gelingen, so ist wenigstens dafür zu sorgen, dass diese den zügigen Abschluss des Leiche-Herrichtens nicht verzögern. Bei der, nicht nur kosmetisch wichtigen Aufgabe des Kinnhochbindens wird, insbesondere von Neulingen und stationsfremden Kräften, häufig zu zaghaft vorgegangen. Solche nicht fest genug geknoteten Kinnbinden widerstehen der einsetzenden Leichenstarre nur selten, was zur Folge hat, dass der, meist zahnlose, Mund sich bald weit öffnet.

Nun sind alle Körperteile des Leichnams, besonders die durch den Sterbevorgang eventuell verunreinigten, mit warmem Wasser gründlich abzuwaschen. Sind die bis hierher angeordneten Tätigkeiten in der beschriebenen Reihenfolge ausgeführt, so ist die Tote nur noch in ein frisches (hinten zu schließendes) Hemd zu kleiden und auf die mit einem frischen Laken bezogene Rollbahre umzubetten. Der (auch vom Arzt!) beschriftete Totenzettel (nicht der Totenschein) wird nicht, wie anderenorts häufig praktiziert, an einen der beiden großen Zehen gebunden, sondern ans rechte Schienbein geklebt. Dazu eignet sich ein Streifen Heftpflaster.

Ganz zum Schluss gebietet die Pietät noch, den Leichnam, mit einem weiteren frischen Laken bedeckt, bis zum Abtransport an einem möglichst kühlen, den Patientinnen nicht zugänglichen Ort (Bad) zu verwahren.

Dauernachtwache Bärbel hat die Leiche sauber hingekriegt. »Sie sieht aus wie im Leben: Die Haare wie immer, die Händchen gefaltet und ganz in Weiß«. Nun schlägt sie die beiden unter der Matratze hervorgezogenen Viertel des Lakens über das Sannchen und nimmt es behutsam hoch. Das mit der Vorsicht ist ein bedingter

Reflex, vom Abtöpfen her. Weil sie immer jämmerlich winseln, die ausgezehrten Fliegengewichte, wenn man sie beim Hintragen ein bisschen so zurechtbiegt, dass sie auf die Eimerstühle passen. Das klapperdürre Sannchen ist aber jetzt viel schwerer als im Leben, und steif wie die schwebende Jungfrau liegt sie auf Bärbels fleischigen Unterarmen. »Immer die Angst, man könnte sie fallen lassen, wegen dem hinterhältigen Spruch: ›Wer schlecht bettet, selbst schlecht liegt.‹ Mit solchen Drohungen haben sie uns während der Ausbildung prima dressiert.«

Schwester Bärbel manövriert das schwere, steife Sannchen in die Mitte der Bahre, rollt es zur Seite, glättet die beiden Zipfel des Hemdchens über dem Po und lässt es wieder auf den Rücken sinken. »Na denn tschüss, Mäuschen«, sagt sie noch, ehe sie ein weiteres frisches Laken über die Tote breitet; Nase und Fußspitzen spannen es wie zwei Zeltstangen. »Sannchen war halt ein starker Charakter. Vorhin dieser dienstbereite Angeber – wolln ja jetzt alle Psychiater sein und ihre blutjungen strohblonden Freundinnen hypnotisieren – hat die winzigen Arschlöcher seiner Adlernase zusammengekniffen, als wär das hier ein Pumakäfig. Die schniepen ja alle so angeekelt, diese schnurrbärtigen Parfümflaschen, wenn se sich mal zu uns verlaufen oder kommen müssen, weil se dran sind.«

Das arme Sannchen ist fertig, Schwester Bärbel auch, und schiebt mit ihm den letzten Schub. »Dafür müsste es auf Klinikkosten Schnaps geben, einen schönen, kalten, doppelten Klaren. Die freiberuflichen Leichenrichter früher kriegten ja auch immer einen Korn, mindestens einen, meistens mehr, oder, wie bei mir zu Hause auf Rügen, ein Wasserglas voll ›Küstennebel‹, aber dafür waren die Leichen auch oft viel älter.«

Schwester Bärbel hat die Bahre ins Bad gefahren. Nun kann sie dort das Fenster öffnen, das Licht löschen, sich die Hände mit Äthanol und dann mit Seife waschen und sich die vom Mittagessen her für sie zurückgestellte Kartoffelsuppe aufwärmen.

Sie muss sich beeilen. In knapp einer Stunde wird sie »die Mädchen« wecken, drei etwa fünfzigjährige, geistig behinderte Frauen, die auf der Station simple Hilfs- und Dreckarbeiten verrichten. Von halb bis um vier können die Mädchen sich anziehen und einen Happen essen; Dauernachtwache Bärbel erledigt inzwischen das letzte Abtöpfen in ihrer Schicht. Danach beginnen sie zu viert mit dem Waschen der bewegungsuntüchtigen Patientinnen, es sind zurzeit zweiunddreißig von sechsundvierzig.

Gierig schlingt Schwester Bärbel die Suppe gleich aus dem Topf. In ihrer linken Hand verbrennt der Rest einer Zigarette. Im Bad die Kakerlaken können endlich wieder umherschaben und Klopapier fressen, für höchstens zwei Stunden noch, dann ist die Nacht vorbei.

Der Morgen beginnt einen Donnerstag; das ist der Tag, an dem es Kuchen gibt. Die vier »Arbeiterinnen«, sie werden noch ein wenig mit Häkeln beschäftigt in der

Nähstube des Krankenhauses, und die Mädchen dürfen heute duschen und frische Unterwäsche haben.

»Unser Sannchen ist gestorben«, sagt der Frühdienst, während er entrindete, klein geschnittene Wurst- und Marmeladenbrote austeilt. Die Patientinnen kauen still. Den meisten ist es keine Neuigkeit. So was hatte ihnen schon kurz nach Mitternacht gedämmert, im Traum, beim Pinkeln. Und doch ist es fast ein Wunder; Sannchen war erst die drittälteste von ihnen. »Aber warum nicht gerade die. Die war ja schon immer so gewesen, so eigensinnig«.

Wirklich sehr leise sind sie heute beim Frühstück, schimpfen nicht, knuffen einander nicht. Manche, die das sonst vermeiden, heben sogar den Blick.

Vor dem Arbeiterinnen- und Mädchenbaden kommt der Musiktherapeut mit seinem Schifferklavier, pünktlich zum Kaffee- und Kucheneinnehmen. Dreiviertelstunde spielt er, eine ganze wird ihm bezahlt. Er wickelt sein erprobtes Repertoire ab: »Flohwalzer«, »Rasenbank am Elterngrab«, »Warum weinst du, holde Gärtnersfrau«, »Im schönsten Wiesengrunde«, »Die Männer sind alle Verbrecher, / ihr Herz ist ein finsteres Loch« und die letzten zwanzig Minunten nur noch »Hoch soll sie leben«. Da singen sie wieder, alle miteinander, zu langsam, zu schnell, falsch und sehr laut.

Als der Musiktherapeut schon einpackt, flüstert ihm die Frühdienstschwester zu: »Die Nacht ist uns eine gestorben.« Der Therapeut hängt sich Gönnermiene vor und sein Akkordeon wieder um und spielt was von

Lehár. Die Patientinnen freuen sich über die Zugabe und singen weiter, ohne auf die andere Melodie zu achten, ihr Lieblingslied: »Hoch soll sie leben.«

Sie lieben Geburtstage sehr. Geburtstag, das ist dünner Bohnenkaffee außer der Reihe, von einer, die ihn gerade hat, den Geburtstag und den Bohnenkaffee. Das ist, dass dieselbe strahlt, weil man nichts anderes kann, als sich freuen, wenn man schon nichts anderes mehr kann. Das muss einen doch freuen, das sieht man doch gern, ein frohes Geburtstagskind. Das lässt einen hoffen, macht Mut für den Wettbewerb, den Kampf um die meisten Jahre. Geburtstage, das zählt. Sterbetage sammelt hier keiner. Was zählt, zählt, was nicht zählt, zählt nicht; siebenundachtzig Lenze gegen einen Winter. »Wer den nächsten Frühling sieht, hat ein Jahr noch Appetit.« Richtig empörend ist nur Appetitlosigkeit, wird auch als Einziges gepetzt: »Schwester, die will ihre Suppe nicht.«

Der Musiktherapeut ist längst gegangen, da singen sie noch immer, singen Sannchens Tod tot: »Hoch soll sie leben.«

Abgänge, Abschiede, so was verwächst sich schnell. Ein Oberschenkelhals- und Beinbruch verwächst sich nicht, bei so alten Menschen nicht mehr. Darauf stehen Ungeschick, Ungemach: Wer fällt, legt sich. Wer liegt, fällt, fällt in das, was über ihn fällt, wenn er dort unten liegt. Aber das schönste Lied von der Erde deckt alles zu: »Hoch soll sie leben.«

Nach sechzehn Uhr räumt die Stationsschwester den Nachtschrank neben dem Bett, das Sannchens gewesen war. Morgen kommt sie nicht dazu, morgen ist Freitag, da will sie früher nach Hause. Außerdem muss heute vielleicht noch umgezogen werden. Wer wohin soll, kann die Stationsschwester erst bestimmen, wenn sie weiß, wie der angekündigte Zugang aussieht. Entweder gleich in den Saal für die schweren Fälle oder alle in Zimmer 1 tauschen die Betten, denn ein Zugang sollte immer vorne liegen. Der will genau beobachtet werden; man muss auf Unerwartetes gefasst sein. Manche, die eigentlich einen guten Eindruck gemacht haben, überleben kaum den Tag ihrer Ankunft.

Sannchens Eigentum bestand aus einem Taschenspiegel, einem blonden Pferdeschwanz, der vom jahrelangen Aufenthalt in einem Briefkuvert stumpf und dünn wie ein Mauseschwanz geworden ist, drei nicht beschrifteten Postkarten mit Blumenmotiven und einer Glasperlenkette ohne Verschluss. Wer weiß, vielleicht hat der Kram dem Sannchen ursprünglich gar nicht gehört und es waren nur Geschenke irgendwelcher längst verschiedenen Patientinnen, die das eine oder andere davon auch bloß geschenkt bekommen hatten. Sie beschenken ihre Bettnachbarinnen meistens recht großzügig, wenn sie spüren, es geht aufs Ende zu. Manchmal irrt sich eine und erholt sich wieder. Dann mag sie anstellen, was sie will, das Verschenkte bleibt ihr verloren. Niemand klaut hier absichtlich, doch alle hüten ihre Siebensachen. Davor schützen kein Wahnsinn und keine Vergesslichkeit.

Sannchens persönliche Habe geht an die Mädchen. Die können nichts davon gebrauchen, freuen sich aber trotzdem und danken es mit Arbeit. Die Mädchen sind nützlich, darum sei es ihnen gegönnt. Was sonst noch im Nachtschrank liegt, ist Klinik-, also Volkseigentum: Pullover, Rock, Kittelschürze, Unterwäsche, Strümpfe und das älteste Paar Filzlatschen. Eine unberührte Dose Ringelblumencreme, die dem Sannchen von einer Schwesternschülerin mitgebracht worden war, gegen die Trockenflechte im Gesicht, wandert ins Dienstzimmer.

»Die haben sich erledigt«, sagt die sparsame Stationsschwester, schiebt drei Finger durch das Loch im linken Latschen und schaut das Mädchen, das ihr den Plastiksack hinhält, lachend an. »Den«, sagt sie, »müsst ihr nicht mehr flicken. Der Zugang kriegt neue Pantoffeln. Auf Wiedersehen.«

Siebzehn Uhr klingelt es an der Tür aus Drahtglas. Der Spätdienst öffnet, umringt von den neugierigen Mädchen. Den anderen ist der Zugang gleichgültig. Eine Lücke wird meist noch am selben Tag gefüllt.

Der Zugang guckt wie Rumpelstilzchen, das seinen Namen verraten hat. Die beiden Krankenwagenfahrer halten ihn untergehakt, als wollten sie mit ihm schunkeln.

»Na, denn komm se mal. So, hier ... Schön vorsichtig! Aber wer wird denn Angst haben. Wir nehmen doch nur ein kleines Bad.« Die Schwester bugsiert den Zugang auf den wachstuchbezogenen Sessel im Behandlungszimmer, zieht ihn aus und legt ihm ein Laken um die Schultern, damit er sich nicht allzu nackt vorkommt, »alte Leute sind so schamhaft«.

AUFNAHMEPROTOKOLL

Schneider, Hildegard

Geb. 3.7.1900 in Ottendorf-Okrilla

Vorl. Diagnose: Paranoia bei fortgeschrittener seniler Demenz

Zur Aufnahme mitgebracht:

1 Sommermantel
1 Kleid (Baumwolle, grün)
1 Hemd
1 Unterhose
1 Strumpfhose
1 Paar Straßenschuhe (alt)
Personalausweis
4 Fotografien
1 Silberring (mit Rubinstein)
1 Handspiegel
1 Brieföffner (echt Schildpatt)
1 Handtasche (Kunstleder, weinrot)

Die Schwester wirft das Mitgebrachte in einen Plastesack, den ihr wieder eins der Mädchen entgegenhält, beklebt ihn mit einem Streifen Heftpflaster, schreibt »Schneider, Hildegard« darauf und streicht denselben Namen von einer Liste mit der Überschrift »Amtsärztlich zur baldigen Aufnahme empfohlene Fälle«. »Schneider, Hildegard«, hatte erst an fünfter Stelle von oben gestanden, war aber mit dem roten Dringend-Stempel markiert gewesen.

Inzwischen ist die Wanne halb vollgelaufen. »Heben

Sie mal das Bein hoch. Keine Angst, sag ich. Ich halt Sie ja fest. Nun mach dich doch nicht so steif! So, und jetzt noch einen Schuss Rosenöl, dann is alles schick.« Das Rosenöl ist ein flüssiges Desinfektionsmittel. Der Zugang zittert, kann sich aber selbstständig waschen. Ein gutes Zeichen.

Die Mädchen stehen kichernd hinter der Schwester. Sie sind noch voller Freude über den soeben empfangenen Nachlass. »Bringt doch schnell mal das Zeug in die Kleiderkammer unterm Dach, zu den anderen Säcken. Einsortieren soll ihn aber Frieda, die kann wenigstens einigermaßen das Alphabet. So Hildchen, das hier sind jetzt deine Anziehsachen.« Die Schwester zählt dem Zugang das übliche Sortiment in den Schoß: Unterhose, Hemd, Strümpfe, Strumpfbänder, Rock, Pullover, Kittelschürze. Doch der blickt bloß stur zu Boden, dorthin, wo die Gelbbraunkarierten stehen. Lange und wortlos staunt Hildegard sie an, wie ein Kind ein Plüschtier, das es an einer Losbude gewonnen hat, bis sie schließlich mit ihren nackten, noch nassen Zehen eine der beiden teddygelben Zierbommeln betastet. »Meine?«, fragt sie. »Na ja, die Miezekätzchen schneiden wir wohl besser wieder ab. Die werden sonst gerne mal gegessen oder im Bett versteckt«, antwortet die Schwester und hilft den ungelenken Zitterfüßen das vorerst ihnen bestimmte Paar Latschen über.[1]

---

1 Neufassung der Erzählung »Manchmal kommt der Dot auf Latschen« von Katja Lange-Müller. Erstabdruck einer früheren Fassung dieser Erzählung erschien in: »Wehleid – wie im Leben«, Frankfurt a.M., 1986, S. 26

Muss ich extra betonen, dass ich, als ich zu DDR-Zeiten diese Erzählung und noch einige weitere schrieb, keinen Gedanken an eine eventuelle Veröffentlichung verschwendete? Veröffentlicht wurde sie dann aber trotzdem, durch die Vermittlung meines Schwagers Heiner Müller, dem dessen Bruder und mein damaliger Ehemann, der Niederdruckkesselwärter Wolfgang Müller, hinter meinem Rücken einige meiner handschriftlichen Texte gezeigt hatte. Und Heiner fragte mich, ob er den »Dot auf Latschen« weiterreichen dürfe an Stefan Heym, der für eine Anthologie, die im Westen erscheinen sollte, möglichst subversive Ost-Geschichten sammle. Natürlich verzieh ich Wolfgang dessen Eigenmächtigkeit, fühlte mich geschmeichelt und stimmte zu. Diese Anthologie wurde im Verlag der Autoren, den es längst nicht mehr gibt, dann wirklich gedruckt. Und damit erreichten meine dissidentischen Probleme ein entschieden höheres Level. Um es mit Hildegard Knef zu sagen: »Von nun an ging's bergab«; aber das war ja, auf der sozialen Stufe einer pflegerischen Hilfskraft in der Psychiatrie, eh kaum mehr möglich, und außerdem hatte ich, durch Heiner Müller ermutigt, ohnehin schon beschlossen, mehr zu schreiben – und weniger Fußböden zu wischen, Betten zu beziehen, bunte Pillen zu verteilen auf der Psychiatrie-Station II B des »Fachkrankenhauses für Neurologie und Psychiatrie Berlin-Herzberge«, wo ich inzwischen gelandet war, und erstaunlicherweise nicht noch einmal als Patientin.

Heiner Müller ist mittlerweile gestorben und sein elf Jahre jüngerer Bruder auch. Ich bin in den Westen abgehauen, als die Mauer noch stand, und die DDR selbst ist ebenso Geschichte wie die Geschichten über sie, und Nachtwachen, zumindest solche, die in Klinken stattfinden, sind längst von meiner Agenda gestrichen, was, wie schon gesagt, allerdings nicht verhindert, dass ich daran immer mal wieder dachte und denke, ja, davon träumte, phasenweise mit einer Intensität, die mich schließlich, auf dass ich Traum und Trauma loswürde, zu dem Roman nötigte, der nun geschrieben werden *musste* – von keiner anderen als mir.

Gerade einmal dreißig Seiten »Drehtür« waren halbwegs fertig, als mich die gute und von dem schwierigen Text ablenkende Nachricht erreichte, dass mir für ein volles Jahr ein Stipendium in der Villa Massimo winke. Da griff ich doch gerne zu! Und Rom war neu und interessant, und der Sommer mächtig heiß, und meine Psychiatrieerfahrung, genauer meine Kompetenz als Krisen-Interventin – irgendjemand dreht ja immer durch während der langen Villa-Massimo-Zeit – sehr gefragt ... Kurz, mein »Drehtür«-Manuskript kam nur schleppend voran. Und schon im Jahr 2013, dem, das auf das Villa-Massimo-Jahr folgte, wurde mir ein weiteres Stipendium offeriert, diesmal eins, das mich in die Türkei führen sollte, konkret nach Tarabya bei Istanbul. Doch auch nach sieben Monaten Tarabya hatte ich kaum mehr geschrieben als besagte dreißig Seiten, mit denen ich mich, weil meine letzte Veröffentlichung ja nun schon ewig zurücklag und weil ich hoffte, mit diesem dritten Stipendium endlich einmal in Ruhe und vertrauter heimischer Umgebung stramm arbeiten zu können, im Frühling 2014 beim Deutschen Literaturfonds Darmstadt bewarb. Dafür aber galt es, ein Exposé zu verfassen. Und als ich das tat, merkte ich ziemlich deutlich, wie stark die Einflüsse des in Italien und vor allem in der Türkei Erlebten eben doch waren und sind. Da dies Exposé halt nur ein Exposé war und ist und da ich kein Problem damit habe, Sie wissen zu lassen, was so einem Roman vorausgeht, wenn man denn auf Förderung hofft, lese ich Ihnen nun auch noch vor, was ich, zusammen mit den erwähnten dreißig Seiten Text und meiner Bio-Bibliografie, nach Darmstadt schickte:

> Von Anfang Oktober 2013 bis Ende Juni 2014 führte mich ein Stipendium des Auswärtigen Amtes der Bundesrepublik Deutschland in die Kulturakademie Tarabya, wo ich eine höchst ereignisreiche, aber nicht sonderlich produktive Zeit verbringen durfte. Immerhin habe ich mich bemüht, so gut es ging, an meinem Roman weiterzuschreiben; er soll »Drehtür« heißen, nicht »Die Drehtür«, sondern einfach nur »Drehtür«. Doch während ich mich bemühte, fortzufahren wie gehabt, »nur« jetzt eben in der Türkei, und auch, weil ich mir aus der Bibliothek der Kulturakademie Bücher der von der Robert-Bosch-Stiftung geförderten Reihe »Türkische Bibliothek« entlieh, merkte ich bald, dass diesmal ein anderer als der

linear-romanhafte Weg, auf dem die Ereignisse einander kausal folgen, für mein aktuelles Manuskript womöglich besser geeignet wäre. Über der Lektüre diverser türkischer Literatur – von Nasreddin Hoca über Sait Faik, Oguz Atay, Orhan Kemal, Orhan Pamuk und Mario Levi bis zu Sema Kaygusuz – wurde mir vor allem dies klarer und klarer: Die in verschiedenen Variationen dem Scheherazade-Muster entsprechende orientalische Erzähldramaturgie, in der Geschichten, Episoden, Märchen, Legenden, Gerüchte, Wahrscheinliches und Fantastisches in eine Rahmenhandlung eingebunden und mit der Figur, die all das »preisgibt«, eng verknüpft sind, würde meinem Romanvorhaben eher gerecht als das, was ich bisher versucht hatte. Scheherazade in »Märchen aus Tausendundeiner Nacht« erzählt ja um ihr Leben, sie ist die wesentliche Protagonistin, aus ihrem Munde kommen jene tausend tollen Geschichten, die den grausamen Perser-König Schahrayar derart entzücken, dass er sie schließlich nicht nur nicht töten kann, sondern lieben muss – für ihre Klugheit und ihre Erzählkunst. Ja, dachte ich, während ich manchen der nach dem Scheherazade-Prinzip gebauten türkischen Romane las, jedwedes Erzählen wird immer erst dann dringlich und damit eindringlich, wenn es dabei ums Leben geht, also um alles; denn letztlich ist alles, was der Mensch hat, besonders der existenziell gefährdete Mensch, sein Leben – und nichts sonst! Daher begann ich mit meiner »Drehtür« noch einmal völlig neu. Nun wollte ich meine alte Krankenschwester Asta zu Reflexionen »nötigen«, die sich aus ihren Beobachtungen ergeben, und diese Beobachtungen weiten sich zu sehr unterschiedlichen, die Erzählerin und ihre Situation charakterisierenden, ansonsten aber nicht wertenden Geschichten, zunächst glaubhaften, dann immer seltsameren und gegen Ende hin völlig absurden. »Drehtür« soll also eine Art Episodenroman werden, erzählt aus der Ich-Perspektive und, zwischen den Episoden, im Präsens aus der personalen Perspektive. Also habe ich angefangen, das »Prinzip Scheherazade«, das Ums-eigene-Leben-Erzählen, auf meine Figur zu übertragen. Aber anders als Scheherazade wird meine »Heldin« nicht überleben und schon gar nicht mit Liebe belohnt werden. Doch wenn ich sie zuletzt sterben lasse, vielleicht, denn sicher ist das nicht, dann vor allem, weil sie nicht weiß, wie es weitergehen soll. Sie war immer nur einigermaßen zufrieden, wenn sie gebraucht wurde. Und plötzlich will sie niemand mehr brauchen. Von einem Tag zum anderen von hundert auf null ... Was soll noch kommen für sie? Ein gemütliches Rentnerdasein? Das muss ich ihr ersparen – oder auch nicht. Darüber denke ich noch nach.

Die Struktur des Romans, den zu fördern ich Sie bitte, stelle ich mir wie folgt vor: Meine alte deutsche Krankenschwester Asta Arnold ist gelandet – oder eher gestrandet – am Münchner Flughafen und nach sehr langer Zeit der Arbeit an diversen Katastrophenschauplätzen dieser Welt: Rumänien, Tunesien, Mongolei, Costa Rica, Nicaragua. Sie steht rauchend, mit nichts als ihrer Umhängetasche und einer Duty-free-Tüte, aus der eine Stange *Camel* hervorlugt, neben einer Drehtür, einem etwas versteckt hinter dem Stand einer Autovermietung gelegenen und darum wenig frequentierten Ein- und Ausgang zur B-Ebene des Airports »Franz Josef Strauß«.

Asta hat ja sehr wohl ein Woher, aber kein Wohin, viel Vergangenheit, doch kaum Zukunft – und ihr Gepäck ist irgendwo hängen geblieben. Nun wartet sie kettequalmend neben einem Chromstahl-Ascher auf irgendetwas, oder sie wandert die Glasfront entlang und beobachtet Menschen, zufällige Passanten. Und einige von denen erinnern sie an andere Menschen; das heißt, zunächst ist ihr noch halbwegs klar, dass diese Passanten am Airport nicht identisch sein können mit jenen, an die sie meine Asta erinnern. Später ist sie sich da nicht mehr so sicher. Von der Frau, die an der Kasse des Airport-Edeka-Marktes sitzt, glaubt sie, dass die womöglich ja doch ihre ehemalige Kollegin Tamara ist, und einen Mann in der Empfangshalle hält sie für ihre Jugendliebe, den Maler Georg. Jedenfalls inspirieren einige Leute, die Asta sich ausguckt, diese Erinnerungen an gewisse Erlebnisse mit diversen Männern und Frauen, die da oder dort ihren Lebensweg kreuzten, ihr dann aber wieder verloren gingen, weil ihr Beruf manchen Ortswechsel mit sich brachte. Oder hatten jene anderen sie verlassen? Schließlich erkennt Asta in einem der Airport-Passanten denjenigen, der ihr einst der Wichtigste, der »Lebensmensch«, war. Laut spricht sie niemanden an, nur in Gedanken, die sich synkopisch zu rückgeblendeten

Geschichten weiten – erst zu einigermaßen plausiblen, dann zu immer seltsameren. Was davon ist selektierte Erinnerung? Was konfabuliert? Was gar halluziniert? Die Übergänge sind fließend, doch der Wahrscheinlichkeitsgehalt, die logische Kausalität und die Glaubhaftigkeit ihrer durch diese zufälligen Begegnungen ausgelösten Erinnerungen, die je eine Geschichte ergeben, werden von Episode zu Episode geringer. Was geht da vor sich? Ist es vielleicht der Ausbruch einer Alterspsychose? Auf dem Beginn einer solchen Psychose, die ja manche Demenzform einleitet, basiert womöglich Astas nicht ganz freiwillige Rückkehr. Sie konnte sich nicht mehr recht auf ihre Arbeit konzentrieren, ihr sind Fehler unterlaufen, sogar lebensgefährliche Fehler; und die Kollegen wollten sie loswerden, haben sie – noch einigermaßen freundlich – weggemobbt, indem sie ihr zum fünfundsechzigsten Geburtstag das Ticket schenkten, mit dem sie nun nach München gelangt ist.

Insgesamt handelt der Roman vom finalen Stadium eines »Selbstfindungsexperiments«, das sicher auch eine Flucht, ein Suchen, ein Ausprobieren war und zu allerlei Erlebnissen, Erfahrungen, Erkenntnissen geführt hat, zur Selbst*erkenntnis* freilich nicht.

Zweiundzwanzig Jahre später steht Asta wieder auf deutschem Boden, obwohl sie ja genau den – und nicht nur den deutschen – unter den Füßen verloren hat. Sie ist planlos, desillusioniert, ohne Hoffnung, aber auch ohne Verzweiflung – und ohne ihr Hilfsbedürfnis; das ist buchstäblich irgendwie, irgendwo auf der Strecke geblieben. Asta hat ihr Leben lang geschuftet, sonst jedoch nichts: kein Geld, keine Kinder, keinen Ehemann, kein geerbtes Elternhäuschen, keine Freunde, keine Zukunft …

»Natürlich« wird »Drehtür« zugleich ein Roman über die »helfende Industrie«, die eben auch »Verschleiß produziert« und traumatisierte Überlebende, denen meist »nur« medizinisch geholfen werden konnte. Und was, ja, was bloß, anfangen mit denen, von denen es viele und immer mehr gibt, denen, die, dank der internationalen medizinischen und sonstigen Hilfe, nicht gestorben sind, denen, deren Leben, nun, da sie den Tod wieder vor sich haben, oftmals noch schwerer ist, als es eh schon war. Auch das sind so Fragen, die ich nicht unterschlagen will.

Die Realzeit am Flughafen *FJS* beträgt vier bis fünf Stunden, die rückgeblendete, also die Gedankenzeit, etwa 60 Jahre, ein Menschenleben, das der Krankenschwester Asta, das vielleicht auf einer Toilette dieses Flughafens enden wird, mit einen Zusammenbruch, einem Schlaganfall, einem Infarkt. Aber so genau weiß ich es noch nicht, bin ja noch weit entfernt vom Schluss. Wichtig ist: Am Ende soll der Leser den Eindruck haben, dass Astas Leben, wenngleich nur episodisch und lückenhaft, eben wie während der »Aura« kurz vorm Tod, noch einmal an ihr – und damit an ihm, dem Leser – vorübergezogen ist, und dass jene Menschen, die sie sah, durch die Glasfenster der Halle und in der Nähe »ihrer« Drehtür, für diese Erinnerungssplitter, größere und kleinere, existenzielle und weniger dramatische, mehr waren als bloße Stichwortgeber.

Dass ich Ihnen dies Exposé vorgelesen habe, ist nicht so zu verstehen, als hätte ich aus dem Nähkästchen geplaudert. Denn der Roman ist inzwischen ja fertig geschrieben und gedruckt und erscheint demnächst. Manches aus dem Exposé habe ich realisiert, manches nicht, aber das halte ich für völlig normal. Denn wie ich schon sagte: Die Figuren schreiben mit, schreiben irgendwann sogar vor – und machen überhaupt, was sie wollen. Und falls das dann einigermaßen mit dem übereinstimmt, was du wolltest, kannst du dir die Schürze glatt streichen.

Als ich das Exposé verfasste, mich um das Darmstädter Stipendium bewarb und es zu meiner großen Freude erhielt und daraufhin hoffte, so richtig loslegen zu können, spürte ich allerdings, wie sehr mich diese anderthalb Jahre im Ausland verändert hatten. Ich kam einfach nicht richtig wieder an in meiner Heimatstadt Berlin, fühlte mich dort unbegreiflicherweise fremder als zuvor in Istanbul, das mir bis heute in den Gliedern steckt, so tief, wie ich es nie für möglich gehalten hätte. Die letzten Monate des Jahres 2013 und die ersten des Jahres 2014 waren diejenigen gewesen, die auch das Leben in der Türkei verändert hatten – und entschieden mehr als meins. Die Wahlen hatte Erdoğan damals zwar noch gewonnen, aber die Unzufriedenheit mit seiner Politik lag bereits in der Luft, nein, sie war mit den Händen greifbar. Und die Staatsmacht griff zu, schnell und meistens beinahe lautlos. Sobald sich irgendwo rund um die İstiklal Caddesi ein paar Mütter versammelten und still weinend die Bilder ihrer nach den Gezi-Park-Protesten verhafteten und seither in irgendwelchen Gefängnissen verschwundenen Kinder hochhielten, waren keine drei Minuten später Polizisten zur Stelle. Die Frauen ließen sich widerstandslos festnehmen, in Kleinbusse verladen und abtransportieren, sicher in andere Gefängnisse als die, in denen ihre Töchter und Söhne saßen. Oder einer, der am Wochenende doch mal ein Fläschchen Raki geleert hatte, rannte laut fluchend jene Straße entlang, an der die meisten Touristenlokale liegen, natürlich mit Tischen unter freiem Himmel, falls das Wort »frei« in dem Zusammenhang überhaupt zulässig ist; von der einen Straßenseite wurde ihm applaudiert, von der anderen stürzten sich die Portiers der dort befindlichen Hotels auf ihn, traten ihm in den Hintern, zerrten ihn zu Boden, bis wieder die Polizei kam und auch diesen Mann mitnahm. Wir hatten von all den Wörtern, die er gerufen hatte, nur »Erdoğan, Erdoğan« verstanden, dafür aber das, was danach vor sich ging, umso besser. Diejenigen von uns Stipendiaten, die im Osten aufgewachsen waren, hatten eh jede Menge Flashbacks und Déjà-vus. Dann veranlassten die Fethullah-Gülen-Getreuen und die Kemalisten unter den Angehörigen des zu der Zeit noch unabhängigen Justizapparates, dass diverse Ministersöhnchen unter Korruptionsverdacht festgenommen und schließlich, als die Richter, die dies veranlasst hatten, ihrerseits verhaftet worden waren, wieder freigelassen wurden. Dann verbot die AKP-Regierung Facebook und Twitter und sorgte dafür, dass westeuropäische und US-amerikanische Internetseiten mit türkischen Servern – andere ließen sich kaum noch installieren, nicht einmal in der Villa Tarabya, die ja deutsches Hoheitsgebiet ist – nicht mehr aufgerufen werden konnten, und dann, Mitte Mai 2014, ereignete sich das schwere Grubenunglück nahe der Stadt Soma, bei dem über dreihundert türkische Bergleute und wer weiß wie viele nirgendwo registrierte syrische Tagelöhner ihr Leben ließen – in einem Betrieb, der dem Staat gehört hatte, aber privatisiert worden war, genauer verschachert an einen Erdoğan-Vasallen, einen reichen Anatolier. In der Türkei, erfuhren wir, gibt es, auf die Gesamtzahl der Bevölkerung umgerechnet, mehr Arbeitsunfälle als selbst in China.

Unmittelbar nach dieser Katastrophe kam es zu Demonstrationen, die mit den Protesten der Jugendlichen und Bohemiens vom Gezi-Park nicht zu vergleichen waren. Durch die enge İstiklal Caddesi wälzte sich ein etwa zehntausendköpfiger Zug von Gewerkschaftern aus allen Regionen des Landes. Es war ein Trauermarsch; diese Frauen und Männer bewegten sich vollkommen ruhig, ohne Sprechchöre und fast im Schneckentempo. Sie trugen Grubenhelme und hatten sich die Gesichter geschwärzt, sodass sie noch finsterer wirkten, als die Stimmung in ganz Istanbul ohnehin schon war. Und weil sich Erdoğan während seines Besuchs bei den Hinterbliebenen der toten Bergleute extrem taktlos benommen hatte, waren im ganzen Land und besonders in

Istanbul Flugblätter und jede Menge Gerüchte im Umlauf; die Stimmung brodelte allenthalben. Wir Stipendiaten kauften, da man ausländische Presseerzeugnisse nur noch gegen Vorlage eines logischerweise ebenfalls ausländischen Passes bekam, am Flughafen in hohen Stückzahlen den *Spiegel,* die FAZ und die *Süddeutsche* und gaben diese Blätter weiter an türkische Freunde, die Deutsch konnten oder jemanden kannten, der es konnte.

Warum erzähle ich das? Weil ich glaube, dass ich meine »Drehtür« ohne diese Erlebnisse und ohne jene Ereignisse, die uns während des Zustroms der Flüchtlinge aus Syrien, Albanien, dem Kosovo, Serbien, dem Irak, Afghanistan, Mazedonien, Eritrea und Pakistan in Atem hielten und die seither zur Spaltung nicht nur unserer Gesellschaft führen, womöglich um einiges anders geschrieben hätte. Ich fragte mich, ob all jene, die sich nun engagierten, die mehr taten, als die abgeliebten Plüschtiere aus den eh viel zu vollen Zimmern ihrer Kinder einzusammeln und noch ein paar seit Jahren nicht mehr getragene Kleidungsstücke draufzulegen, wohl wussten, welche Verantwortung sie übernehmen würden, wenn sie sich bereit erklärten, wirklich zu helfen. Sobald einer das tut, also persönlich Kontakt aufnimmt zu einem Menschen, der alles hinter sich gelassen hat, sollte dieser Hilfswillige wissen, dass es nicht reichen wird, so jemandem den kleinen Finger zu geben, sondern dass der dann schon die ganze Hand braucht, nein, beide Hände – und für lange Zeit. Manche dieser nicht nur Hilfsbereiten, sondern tatsächlich Helfenden, ich sprach mit einigen von ihnen, fühlten sich nicht nur bald überfordert, sie erlebten und erleben auch Enttäuschungen, ebenso wie die, denen sie halfen und helfen, Enttäuschungen erlebten und erleben. Missverständnisse und Frustrationen gab und gibt es auf *beiden* Seiten. Die Flüchtlinge ernteten und ernten, außer Verständnis und Zuspruch, auch Ablehnung und Hass, die Helfenden, neben mehr oder minder großer Dankbarkeit, auch Hohn und Spott. Und sie gerieten und geraten in Konflikte, solche, die an sie herangetragen wurden und solche, die in ihnen selbst begründet waren und sind. Um die Flüchtlinge wird sich gekümmert, um jene, die ihnen wirklich zu helfen versuchen, aber kaum.

So kam es, dass ich mich, als ich an meiner »Drehtür« schrieb, stärker und stärker auf meine Protagonistin Asta fokussierte, auf *ihre* Erschöpfung, *ihre* Zweifel, auf die Leere und Einsamkeit, die sich – im Laufe ihres mit nichts als dem Helfen vergangenen Lebens – in ihr ansammelten, obwohl sie auch kurz vor dem Ende dieses Lebens keinen anderen Plan hat als ebenden: helfen, helfen, helfen … Am Airport »Franz Josef Strauß« umherschlendernd und dabei eine Schachtel *Camel* wegrauchend, träumt sie ein letztes Mal davon, zurückzufliegen nach Nicaragua und dort auf eigene Faust eine kleine Sanitätsstation zu betreiben.

Aber weil Sie mir morgen, wenn ich im Frankfurter Literaturhaus einige Passagen aus dem Roman »Drehtür« lese, falls Sie es möchten, ja ohnehin zuhören oder das Buch später selber lesen können, will ich es bei diesen Hinweisen und Andeutungen bewenden lassen und meine heutige Vorlesung – getreu meiner ausführlich geschilderten Liebe zu ebenjener literarischen Gattung – mit einer Erzählung beenden, einer, die eigentlich nur ein unübersetzbares und darum in unsere Sprache eingewandertes Wort würdigen sollte, und dieses Wort hat nun in dieser Erzählung das letzte Wort. Obwohl die Geschichte in Berlin verortet ist, schrieb ich sie in Rom, nachdem ich Damen, wie die darin vorkommende, an so manchem Sonntag beobachten durfte, allerdings allein und nicht in Begleitung der putzigen Wesen, deren Bekanntschaft Sie jetzt gleich machen werden.

Mauli & Pauli

Alleine essen fand ich immer schlimmer als alleine trinken, auch wenn ich sie durchaus kenne, die heimlichen – oder vielmehr unheimlichen – nächtlichen Käsewürfel- und Erdnüsschen-Attacken mit Fernsehen bis zum Morgen ... Aber diese Geschichte werde ich nicht erzählen, zu privat und zu peinlich, lieber eine andere, die gar nicht peinlich ist, zumindest nicht für mich.

In einem teuren – wie er gesagt hatte »sehr guten« – Charlottenburger Restaurant wartete ich auf einen Freund, von dem ich wusste, dass er einfach nicht pünktlich sein konnte. Er, nicht ich, hatte dies Lokal vorgeschlagen, dessen Name hier nichts zur Sache tut, ebenso wenig wie der jenes Freundes, der unsere Verabredung offenbar vergessen hatte und seither für mich gestorben ist, wenngleich ich ihm indirekt ein wundersames Erlebnis verdanke, das ich nun nicht länger für mich behalten will.

Immerhin musste dieser ehemalige Freund, telefonisch oder sonst wie, reserviert haben, war womöglich auch Stammgast, denn als ich nach ihm fragte, führte mich der – tatsächlich befrackte(!) – Herr Ober steifbeinig vor mir hergehend zu einem perfekt eingedeckten Tisch in der linken hinteren Ecke des aus drei Kronleuchtern warm bestrahlten Raumes von überschaubarer Größe.

Außer an einem, dem neben meinem, saßen an den insgesamt acht Vierer-Tischen bereits Gäste, ausschließlich Paare, ältere, um nicht zu sagen greise Paare, die womöglich soeben erst bestellt hatten. Die Männer befanden sich in einer Art gespannter Wartestarre, schauten in die leeren Teller und Gläser oder auf ihre manikürten Hände, die ohne ersichtlichen Grund das gestärkte blütenweiße Tafellinnen streichelten. Die Blicke ihrer Gemahlinnen, leerer noch als sämtliche Teller und all die Wasser-, Weiß- und Rotweingläser, mit denen die Tische ja bereits eingedeckt waren, streiften mal diese, mal jene der anderen in dem Etablissement herumsitzenden Frauen, obwohl oder möglicherweise gerade, weil sie einander ziemlich ähnelten, bloß dicker oder dünner, etwas reifer oder etwas jünger wirkten. Ansonsten: elegante Hochfrisuren, kleine Schwarze, ein schilfgrünes und drei rosafarbene Cocktailkleider. Es gab nicht die übliche leise dudelnde Musik, es fiel kaum mal ein Wort, nur die schwere Seide der dezent gemusterten Tücher und Stolen, die hier einen faltigen Hals, dort ein Doppelkinn kaschieren sollten, raschelte gelegentlich – wie Mäuse im Stroh. Solcher Ruhe, ja, Langeweile, war ich in einer gastronomischen Einrichtung meiner nicht eben als still oder gar vornehm bekannten Heimatstadt Berlin noch nie ausgesetzt gewesen.

Es war aber glücklicherweise nur die Ruhe vor dem Sturm; bis zum Auftritt der Kellner, ach was, des Kellner-Balletts, vergingen höchstens zwanzig Minuten. Dann wurden Flaschen, Teller, Platten, Schüsseln herbeigetragen, leichtfüßig und ohne jede Mimik, als hätten sie keinerlei Gewicht, weder die Speisen und Getränke noch diejenigen, die servierten.

Da ich hungrig war und sicher, dass der Freund nicht mehr käme, bestellte auch ich mir einige Kleinigkeiten, ein Weizenbier und das Billigste von der büttenpapierenen Doppelkarte, einen Brunnenkresse-Salat, ein Heilbutt-Carpaccio an Mango-Chutney, ein Sellerieschaumsüppchen mit Trüffel-Öl. »Und reichlich Brot dazu«, fragte näselnd und, wie ich fand, unangemessen spöttisch, der für mich zuständige Kellner.

Gerade hatte ich den ersten, tatsächlich köstlichen Happen Heilbutt auf der Gabel, da wurde sie – von gleich zwei Kellnern – an ihren Tisch neben meinem eskortiert, eine Dame, die in diesem Hause gut bekannt zu sein schien. Sie war mindestens siebzig, aber wahrscheinlich noch um einige Jährchen älter – und womöglich parkinsonkrank, denn ein wenig zitterte ihr Vogelköpfchen, auf dem, wie ein polierter Edelstahlhelm, ihr dichtes, toupiertes und gelacktes schlohweißes Haar leuchtete. Unmöglich, dachte ich, kann sie sich selber so vollendet ladylike hergerichtet haben. Sie trug einen bodenlangen, plissierten Taftrock und dazu eine zeitlos geschnittene, bis obenhin zugeknöpfte hellgrüne Crêpe-de-Chine-Bluse.

Die Dame schob eines der Gedecke beiseite und stellte einen Krokoledershopper auf die Tafel, aus dem sie zwei flauschige Etwasse hervorklaubte. Stofftiere! Einen überlebensgroßen schwarzen Maulwurf mit gelblicher Nase, aber, wie es sich für einen solchen Untergründler gehört, blind, vielmehr: ganz ohne Augen. Das andere Stofftier war kleiner und sandfarben, es erinnerte an ein Erdmännchen.

Die Dame setzte ihre Gefährten hinter je einen Teller, den Maulwurf zu ihrer linken, das Erdmännchen zu ihrer rechten Seite. »Na, Mauli«, sprach sie mit halb lauter Zwitscherstimme, »wonach steht dir denn heute der Sinn? Nach den jungen Erbsen extra fein? Oder möchtest du auch eine glacierte Karotte? Und du Pauli? Du willst bestimmt wieder eine Wildbouillon und hinterher Schokoladenparfait.«

Die Stofftiere äußerten sich natürlich nicht, dafür der geneigten Hauptes am Tisch verharrende Kellner: »Gut, Erbsen und Karotten für Mauli. Die Brühe und später das Halbgefrorene für Pauli. Und für Sie, gnädige Frau?

Wir haben die Kalbsleber, die Sie so gerne mögen. Dazu empfehlen wir überbackenen Kartoffelschnee à la Prinz Heinrich.«

»Das passt«, zwitscherte die Dame. »Als Vorspeise wären mir Rapunzeln angenehm, mit Walnussöl, aber ohne Balsamico. Und stilles Wasser bitte. Und auch einen Schluck von Ihrem Amontillado, Sie wissen schon, diesem sanften Sherry. Und den zwei Herzchen bringen Sie frischgepressten Orangensaft. Oder, mein Mauli? Nein, nein, Coca Cola gibt es nur daheim und nur, wenn du wirklich einmal brav warst.«

Die Getränke kamen, das Essen wurde serviert; ein Schälchen Gemüse für Mauli, ein Tässchen Bouillon für Pauli, der Feldsalat und vier Scheibchen Kalbsleber für die Dame, die jedoch kaum einen Bissen anrührte, sondern fortwährend auf ihre seltsamen Tischgenossen einredete: »Na, Mauli, die schmecken, die Zuckererbsen. Nein, die Karotten lässt du bitte nicht liegen! Carotin«, fügte sie kichernd hinzu, »fördert nämlich die Sehschärfe.«

Sie putzte dem Maulwurf mit dessen Serviette die Nase und sprach weiter: »Nimm dir ein Beispiel an Pauli, der hat seine Suppe schon gelöffelt und gleich bekommt er sein Schokoparfait. Ja, ja, Pauli, das ist doch immer die schönste Belohnung.«

Die Schar der sonstigen Gäste war in zwei Lager gespalten, die meisten widmeten sich völlig ungerührt und so, als sei jetzt weit und breit nichts interessanter, einzig ihren Menüs, die übrigen reckten ihre dürren oder speckigen Hälse, setzten, um besser sehen zu können, Brillen ab oder auf. Und alle tuschelten miteinander, jedoch ohne dass sich einer ihrer Münder auch nur zum Anflug eines Lächelns verzogen hätte.

Nach genau anderthalb Stunden winkte die Dame ihrem Kellner, verlangte die Rechnung, ließ das zerlaufene Eis, das kalte Gemüse und die Leberscheibchen abtragen und beschied »dem Herrn Ober«, der, wohl um ihr gegebenenfalls vom Stuhl aufzuhelfen, in devoter Haltung hinter selbigem verharrte, es wäre »wie stets vorzüglich« gewesen, die »Liebchen« nun aber satt und »Mutti, rechtschaffen müde«.

Sie schlug den Sherry, den ihr der Ober »auf Kosten des Hauses« noch offerierte, mit einer knappen Geste aus, steckte die beiden Stofftiere zurück in ihre Krokoledertasche und begab sich schnellen, leicht unsicheren Tippelschritts zur Garderobe.

Bald darauf zahlte auch ich. Beinahe hätte ich meinen Kellner gefragt, wer die Dame sei, wie oft sie herkomme und ob sie jedes Mal dieselben Stofftiere dabeihabe; allein sein strenger, ja abweisender Blick, der womöglich mit dem – vielleicht seiner Meinung nach zu mickrigen – Trinkgeld von sechs Euro zusammenhing, bewirkte, dass ich es nicht wagte.

Noch in dieser Nacht, wie in so mancher seither, habe ich – als ich im Fernsehen nicht sonderlich konzentriert einer Wiederholung der zwölften Episode aus der ersten Staffel von »Raumschiff Enterprise« folgte – meinem alten, räudigen Stoffhasen Pestalozzi, ohne den ich, nun kann ich es ja zugeben, niemals einschlafe, auch ein Schälchen voll Salzmandeln vor die Knopfnase gestellt. Aber mit ihm essen gehen, und sei es bloß eine Currywurst am nächsten Imbissstand … Dazu fehlt mir denn doch die nötige Grandezza.[1]

– ENDE –

1 Katja Lange-Müller, in: »Dinner for one«, Berlin, 2012, S. 117 ff.

Weitere Titel von Katja Lange-Müller bei Kiepenheuer & Witsch

Böse Schafe. Roman. Gebunden. Verfügbar auch als E-Book

Die Enten, die Frauen und die Wahrheit. Erzählungen. Gebunden. Verfügbar auch als E-Book

Die Letzten. Aufzeichnungen aus Udo Posbichs Druckerei. Gebunden. Verfügbar auch als E-Book

Vom Fisch bespuckt. Neue Erzählungen von 37 deutschsprachigen Autorinnen und Autoren.

Verfrühte Tierliebe. Gebunden. Verfügbar auch als E-Book

Kasper Mauser – Die Feigheit vorm Freund. Erzählung. Gebunden

Leseproben und mehr unter www.kiwi-verlag.de

Kiepenheuer & Witsch